"제기라알, 선생님······
밖으로 좀 따라
나와보시죠─!(오열)"
"밤길에 뒤를 조심하시는 게
좋을 겁니다아아아아─!(오열)"

······이젠 도저히 수습할 수
없을 지경이다.

글렌 레이더스
학생들의 단결력은 높였지만
평소 행실 때문에 전혀
존경받지 못하는 안타까운
마술강사.

시스티나 피벨
경기제를 기점으로
루미아에 대한 걱정이
많아진 그녀. 요즘
고민거리는 상식을
벗어난 리엘의 행동.

"꺄아아아아~!"

"대담해~!
정열적이야~!"

웬디 나블레스
자존심이 강하고 약간
거만한 구석이 있는
아가씨. 그런 것치고는
반의 가십거리에 관심이
많은 듯.

"글렌은 나의 전부.
나는 글렌을 위해
살아가기로 정했어."

리엘 레이포드

글렌의 전 동료. 루미아의
호위로서 학원에 편입했으나
일반 상식이 전혀 없는 그녀는
반에 끊임없이 말썽을
일으키는데─?!

"자!
같이 수영하자,
리엘."

"물이 시원해!
서스티랑 리엘도
어서 들어와!"

루미아 틴젤
마음씨 곱고 청초한 소녀.
입으면 말라보이지만 실은
몸매가 워낙 우월한 탓에
엉큼한 남자들 사이에서는
인기가 많다.

"리엘!
그 남자에게서 떨어져!"

이목구비. 몸짓. 표정. 역시 낯이 익다.
그 답은…… 어째선지, 느닷없이 마음속
깊은 곳에서 거품처럼 떠올랐다.

"……오빠?
설마…… 오빠야?"

"……날 도와줘, 리엘."

리저프 오블리아

유복한 집안 출신인지 멋진
플레이보이로 이름을 떨친 사내.
글렌과는 모종의 관계가 있는
모양인데—?!

CONTENTS

변변찮은 마술강사와 금기교전

Akashic records
of bastard magic instructor

3

히츠지 타로 지음
미시마 쿠로네 일러스트
최승원 옮김

교전은 만물의 예지를 관장하고, 창조하며, 장악한다.
그러하기에 그것은
인류를 파멸로 인도하게 되리라──.

『멜갈리우스의 천공성』 저자 : 롤랑 엘트리아

Akashic records of bastard magic instructor

Character

Main

시스티나 피벨

고지식한 우등생. 위대한 마술사였던 조부의 꿈을 자기 힘으로 이뤄내기 위해 흔들림 없는 정열을 바치는 소녀.

글렌 레이더스

마술을 싫어하는 마술강사. 만사에 무책임하고 의욕 제로로, 마술사로서도 삼류라서 장점은 전혀 없는 셈. 그런 그의 진정한 모습은—?

루미아 틴젤

청초하고 마음씨 고운 소녀. 누구에게도 밝힐 수 없는 비밀을 가지고 있으며 친구인 시스티나와 함께 열심히 마술 공부에 매진하고 있다.

리엘 레이포드

글렌의 전 동료. 연금술로 고속 연성한 대검을 다룬다. 근접 전투에서 비교할 자가 없는 이색적인 마도사.

알베르트 프레이저

글렌의 전 동료. 제국 궁정 마도 사단 특무 분실 소속. 신기에 가까운 마술 저격이 특기인 굉장한 실력의 마도사.

엘레노아 샤레트

알리시아의 직속 시녀장 겸 비서관. 하지만 그 정체는 하늘의 지혜 연구회가 제국 정부로 보낸 밀정.

세리카 아르포네아

제국 마술 학원 교수. 글렌의 스승인 동시에 길러준 부모이기도 한 수수께끼가 많은 여성.

Academy

웬디 나블레스

글렌이 담당하는 반의 여학생. 지방 유력 명문 귀족 출신. 자부심이 강하고 권위적인 성격의 세상 물정 모르는 아가씨.

린 티티스

글렌이 담당하는 반의 여학생. 약간 내성적이고 체격도 작아서 귀여운 동물처럼 보이는 소녀. 자신감이 없어서 고민이 많다.

기블 위즈덤

글렌이 담당하는 반의 남학생. 시스티나 다음가는 우등생이지만 결코 주변에 어울리려 하지 않는 냉소주의자.

카슈 윙거

글렌이 담당하는 반의 남학생. 덩치가 크고 건실한 체격. 성격이 밝고 글렌에게 호의적이다.

세실 클레이튼

글렌이 담당하는 반의 남학생. 조용한 독서가. 집중력이 높아서 마술 저격에 재능이 있다.

할리 아스트레이

제국 마술 학원의 베테랑 강사. 마술 명문 아스트레이 가문 출신. 전통적인 마술사와는 거리가 먼 글렌에게 ... 적이다.

마술

Magic

—

룬어라고 불리는 마술 언어로 구성한 마술식으로 수많은 초자연 현상을 일으키는
이 세계의 마술사에게 지극히 『당연한』 기술.
영창하는 주문의 구절과 마디 수.
템포, 술자의 정신상태에 따라 자유자재로 형태를 바꾸는 것이 특징.

교전

Bible

—

천공의 성을 주제로 삼은 지극히 아동 취향인 옛날이야기로 세계에 널리 퍼져있다.
그러나 그 소실된 원본(교전)에는
이 세계에 관한 중대한 진실이 적혀있다고 전해지며, 그 수수께끼를 좇는 자에게는
어째선지 불행이 닥친다고 한다—.

알자노 제국
마술학원

Arzano Imperial Magic Academy

—

약 4백 년 전, 당시의 여왕 알리시아 3세의 주도로 거액의 국비를 투입해서
설립한 국영 마술사 육성 전문학교.
오늘날 대륙에서 알자노 제국이 마도대국으로 명성을
떨치는 기반을 만든 학교이자, 늘 시대의 최첨단 마술을 배우는
최고봉의 교육 기관으로서 주변 국가에 널리 알려져 있다.
현재 제국의 고명한 마술사 대부분이 이 학원의 졸업생이다.

서 장 내가 편입생을 받게 된 이유

"죄송합니다! 용서해주세요! 릭 학원장님! 세리카 님!"

알자노 제국 마술학원 학원장실에서—.

호출을 받고 학원장실로 온 글렌은 문지방을 넘자마자 느닷없이 훌륭한 문설트 점핑 오체투지(五體投地)를 선보였다.

그 광경을 직면한 세리카와 릭 학원장은 눈을 동그랗게 뜬 채 굳어버릴 수밖에 없었다.

"야, 글렌. 그게 뭐하는 짓이냐? 느닷없이."

"가벼운 실수……… 진짜 가벼운 실수였다고요오오오오오! 두 분이 화내시는 건 아주 지당합니다! 지당하고말고요~!"

어리둥절한 얼굴로 서로를 마주 보는 세리카와 릭 앞에서 글렌은 엄숙하게 자신이 지은 죄를 고백했다.

"약초 농원에서 재배하는 키하레트의 꽃에 줄 마술 비료를 착각하는 바람에 죄다 말려 죽여 버려서 정말로 죄송합니다—!"

이상할 정도로 굽신거리는 글렌에게 릭 학원장은 온화한 목소리로 말을 건넸다.

"하하하, 글렌 군. 고개를 들게나. 착각하면 곤란해. 오늘 우리가 자네를 부른 건 그 일 때문이 아닐세. 다른 용건이 있어서지."

"아~ 뭐야. 그랬나요. 아하하! 너무 놀라게 하지 마시라고요~."

글렌은 안도한 듯 한숨을 내쉬며 바닥에서 일어났다.

"하긴 들통 날 리가 없죠. 왜냐하면 그 사건은 증거를 완전히 은폐했는걸요. 도대체 어디서 비밀이 새어나간 건지 의심스러웠지 뭡니까. 아하하!"

그리고 쾌활하게 웃었다.

"허허허, 글렌 군은 덜렁이로구만."

학원장도 쾌활하게 웃었다.

"아하하!"

"허허허!"

그리고 서로 한차례 웃은 후―.

"그건 그렇고 글렌 군. 자넨 감봉일세."

"끄아아아아아아아아아아아아아?! 역시 그렇겠죠―?!"

학원장은 쾌활하게 판결을 내렸고 글렌은 머리를 부둥켜안으며 비명을 질렀다.

"으으, 젠장……. 이러다가 조만간 제가 학원에 월급을 지급해야 할 것 같습니다만……."

너무나도 타당하고 무자비한 현실에 글렌은 하염없이 눈물을 쏟았다.

"아아…… 하다못해 저번 달의 마술 경기제에서 하……뭐시기 선배랑 내기해서 딴 돈이 남아 있었다면……. 아니, 애초에 폼 잡고 학생들한테 쏜다고 하는 게 아니었는데! 맞아! 내가 바보였어!"

"꼴사나운 것도 정도가 있지……. 너, 네가 생각하기에도 자기 자신이 비참한 것 같지 않냐?"

벽 앞에서 침울하게 고개를 푹 떨구고 있는 글렌에게 세리카는 어이가 없다는 시선을 보냈다.

"애초에 일일이 감봉당하는 걸 한탄할 정도라면 조금이라도 근무태도를 개선하는 게 어때? 수업 자체는 그럭저럭 성실하게 하고 있으니 그 부분은 눈감아준다고 쳐도, 넌 나머지가 전부 엉망이야. 조금은 마술사라는 자각을 가지고……."

"칫…… 시끄럽네 진짜. 예, 예, 예, 안 들리거든요~."

"혹은 일을 저지를 거라면 절대로 드러나지 않도록 완벽하게 해. ……이 몸처럼 말이지. 넌 옛날부터 마무리가 어설퍼."

"알겠습니다! 제 생애를 걸고 경의를 바쳐야 할 위대한 스승이시여!"

글렌은 세리카의 손을 두 손으로 덥석 움켜잡더니 감탄과 존경이 담긴 눈으로 그녀를 우러러보았다.

"난 왜 하필이면 이런 녀석들을 채용한 걸까……."

아름다운 스승과 제자의 모습을 앞에 두고 릭 학원장은 먼 곳을 바라보는 눈으로 창밖에 시선을 돌렸다.

그곳에는 평소처럼 자연이 울창한 학원 부지의 경치와 철책을 사이에 두고 건너편에 펼쳐진 페지테의 고풍스러운 거리— 그리고 그 아득히 먼 하늘 위에 떠 있는 웅대한 신기루의 성, 멜갈리우스의 천공성이 보였다.

"그건 그렇고 글렌 군. 자네에게 말하려던 건 편입생에 관한 것일세."

"……편입생, 이요?"

"음. 내일부터 이 학원에 편입할 새로운 학생을 자네 반에서 맡아주지 않겠나?"

"내일부터요? 그건 또 갑작스러운 이야기네요……. 게다가 이런 어중간한 시기에 편입하는 것도 뭔가 묘한데요."

"……사실 자네에게 거부권은 없네만."

학원장은 책상 서랍을 열어서 그 안에 들어있는 것을 글렌에게 내밀었다.

그것은 한 통의 원통형 봉투였다. 이미 뚜껑의 봉납은 떨어져 있었다. 자세히 보니 그 원통형 봉투에는 주소가 기재되지 않았다. 통이 고급 가죽 재질인 것을 고려하면 분명 이걸 부친 사람은 우편 기관을 이용하지 않고 신뢰할 수 있는 인간을 통해 직접 학원으로 보낸 것이리라.

'게다가 이 봉납의 흔적은…… 제국군에서 쓰는 봉납인가?'

글렌은 그 통을 받고 뚜껑을 열어서 구겨지지 않도록 깔끔하게 둘둘 만 한 장의 양피지를 꺼내 펼쳐보았다. 그 양피지에는 작은 글자로 내용이 빼곡하게 적혀 있었으며 마지막에는 금박으로 된 매의 문장이 찍혀 있었다.

"매의 문장? 즉, 여왕 폐하께서 공인하신 제국 정부의 공문서라는 소린데…… 게다가 설정된 비밀 등급이 이상할 정도로 높아……. 어, 잠깐만?! 이거 군의 인사이동에 관한 최고급 중요 기밀문서잖아?!"

글렌은 경악한 나머지 눈을 부릅뜨고 양피지를 응시했다.

"음. 내용을 간략하게 설명하자면, 이번 편입생은 글렌 군의 반을 지명해서 들여보내라는 취지의 지시가 적혀 있었다네. 여왕 폐하의 허가를 받고 제국 정부가 직접 내린 지령으로서 말일세."

"……서, 설마."

부자연스러운 시기의 갑작스러운 편입생. 일부러 글렌의 반을 지명한 편입 명령.

"학원장님, 그 편입생이라는 건 혹시……."

"아마 자네도 눈치챈 대로일세. 그 편입생은 루미아 군의 신병 경호를 위해 파견되는 제국 궁정 마도사단의 마도사일세. 그녀와 같은 반의 학우가 된다면 호위도 수월해질 거라고— 정부와 군은 그렇게 판단을 내린 거겠지."

"……아!"

루미아 틴젤.

글렌이 담당하는 반의 여학생이다. 필기 성적은 우수하지만 백마술(白魔術) 외의 마술 실기는 약간 뒤처지는 수준이라 종합 성적은 평균 정도. 그 탁월한 용모를 제외하면 딱히 눈에 띄는 점이 없는 평범한 학생이다.

하지만 사실 그녀에게는 복잡한 사정이 감춰져 있었다.

첫 번째로 그녀가 알자노 제국 왕실 직계의 왕녀라는 점.

그리고 두 번째로 그녀는 왕녀인 동시에 이 세계에서는 아직도 악마의 환생이라 굳게 믿어지고 있는 『이능력자』인 까닭에, 복잡하기 짝이 없는 정치적인 이유로 제국 왕위 계승권자 2위라는 신분을 박탈당하고 현재는 왕가에서 추방당했다는 점.

그리고 마지막으로 그녀는 영문을 알 수 없는 이유로 『하늘의 지혜 연구회』라는 마술 결사 — 항상 역사의 이면에서 암약하며 정부와 피로 피를 씻는 항쟁을 되풀이해온 최악의 테러리스트 집단 — 에 노려지고 있다는 점이다.

루미아의 『이능력』은 『감응 증폭』이라고 불리는 능력이다. 접촉한 상대가 행사하는 마술과 마력을 증폭하고 강화하는 힘이다.

확실히 보기 드문 파격적인 힘이기는 하다. 하지만 『하늘의 지혜 연구회』 정도쯤 되는 강대한 마술 결사가 이제 와서 새삼스럽게 탐을 낼 정도의 힘은 아닐 터. 단순히 마술과 마력을 강화하는 것뿐이라면 현재의 마도 기술로도 얼마든지 비슷한 결과를 도출해낼 수 있는 방법이 즐비했다.

그나마 생각해볼 수 있는 건 루미아가 왕녀였다는 입장을 정치적으로 이용하는 것 정도겠지만 그 조직이 두 번째로 시도한 것은 루미아의 생사를 묻지 않는 계획이었다. 따라서 그 가능성은 지극히 낮다.

대체 루미아에게 어떤 비밀이 존재하기에? 『하늘의 지혜 연구회』는 대체 무슨 목적으로 루미아를 노리고 있는 것일까. 그 수수께끼는 계속 깊어지기만 할 따름이다.

하지만 목적은 알 수 없어도 제국 정부는 루미아를 『하늘의 지혜 연구회』에 간단히 넘겨줄 수는 없다고 판단한 모양이었다. 만약 그녀가 그 조직의 수중에 떨어진다면 변변치 않은 일이 일어날 거라는 건 뻔히 짐작이 갔을 테니까.

그렇다고 해서 전 왕녀인 루미아를 지나치게 특별 취급했다가 틀림없이 그녀에게 이목이 쏠려 국내외에 쓸데없는 소란을 불러올 위험성이 있었다. 신성한 왕가 출신의 『이능력자』라는 존재는 이 나라의 근간을 송두리째 뒤흔들 수 있는 폭탄인 것이다.

그래서 내 고육지책이 바로 제국 궁정 마도사단에서 파견한 정예 마도사를 학원으로 잠입시켜 은밀히 루미아를 호위하겠다는 것이리라.

"그건…… 마음 든든한 소식이군요."

글렌은 솔직히 그렇게 받아들였다.

그 역시 과거에는 그곳의 일원이었기에 아주 잘 알고 있다. 제국 궁정 마도사단은 제국 최강 클래스의 마도사들이 모인 정예부대다. 거기에 소속된 마도사들은 그야말로 일기당천이라는 말이 어울리는, 어째서 자신 같은 삼류 마술사가 그 틈에 낄 수 있었는지 지금 돌이켜봐도 신기한 생각이 들 정도로 차원이 다른 괴물들이었다.

루미아가 『하늘의 지혜 연구회』에 노려지고 있다는 사실이 명확해진 후부터 글렌은 매일 같이 그녀의 곁에서 긴급 사태가 벌어지는 것에 대비해 주의를 기울여왔다. 하지만 마침내 궁정 마도사단에서 호위가 파견된다는 소식을 접하자 겨우 어깨의 짐이 가벼워진 기분이 들었다.

"글렌 군의 반도 참가하는, 2학년의 필수 강좌 중 하나인 『원정 수학』이 바로 코앞까지 다가온 것도 문제일세. 그런 상황에서 이 편입생은 자네의 든든한 조력자가 되어줄 걸세."

확실히 릭이 말한 대로였다. 부정할 길이 없는 사실이었다.

"알겠습니다. 이번 편입생은 기꺼이 제 반에서 받아들이도록 하죠."

"오오, 그런가. 그건 다행이군."

글렌의 대답에 릭은 만족스럽게 고개를 끄덕였다.

"아, 그러고 보니 편입생의 자세한 정보도 서류에 적혀있으니 참고하게나."

"예. 음……?"

글렌은 손에 든 공문서를 빠르게 훑어보았다.

'궁정 마도사단에서 파견이라……. 그래도 특수한 임무니까 아마 특무분실 녀석 중 누군가가 오겠지.'

제국군이 자랑하는 마도 전력의 주력이자 상징이기도 한 제국 궁정 마도사단. 그중에서도 마술과 얽힌 안건과 사건을 전문적으로 처리하는 기밀성이 높은 특수부대— 그것이 바로 과거에 글렌도 소속되었던 『특무분실』이라고 불리는 부서다.

'그렇다면 호위 임무에 적합한 마술이 특기에 편입생으로 들어와도 위화감이 없는 세대의 녀석은……『교황』의 크리스토프인가? 그 녀석이 와준다면 나도 약간은…….'

편입생일 터인 인물 후보에 확신을 가지고 서류를 읽자니—.

리엘 레이포드.

편입생의 이름 항목에 그런 이름이 적혀 있는 것이 보인…… 듯한 기분이 들었다.

"……나 원 참."

글렌은 과장스러운 동작으로 문장에서 시선을 떼고 눈을 비볐다.

"하하…… 아무래도 꽤 피로가 쌓인 모양이네……. 가장 말도 안 되는 녀석의 이름이 보인 것 같잖아……."

다시 한번 서류로 시선을 내린다.

리엘 레이포드.

역시 그런 이름이 적혀 있는 기분이 들었다.

"이런…… 어째 본격적으로 환각이 보이기 시작하는걸? 혹시 눈에 심각한 장애가…… 아니면 내가 미쳤던가."

다시 한번 시선을 내린다.

리엘 레이포드.

"……야, 이봐. 글렌. 진정해. 냉정해져. 리엘? 그 『전차』의 리엘이라고? ……말도 안 돼. 그 뇌가 근육으로 된 폭주 멧돼지 여자, 내추럴 본 파괴신, 실망스러운 참살 천사, 같이 임무를 맡고 싶지 않은 동료 순위 만년 넘버원인 그 리엘? 연계 작전을 망치는 데 정평이 나서 작전 같은 건 세울 의미가 없다. 왜냐하면 리엘이 있으니까, 라고 각 군벌에서 보증수표를 내준 그 리엘이라고?"

글렌은 비지땀을 뚝뚝 흘리면서 어깨를 으쓱거렸다.

"하하, 끝내주는 농담이네. 호위라는 건 상당히 복잡한 임무잖아? 그런 고도의 상황판단 능력이 요구되는 특수 임무에 리엘을 보내시겠다고? 하긴, 그럴 리가 있겠어? 하하하! 특무분실도 그 정도로 멍청할 리는 없고 심각한 인재 부족에 시달리는 건……."

힐끔.

글렌은 눈을 가늘게 뜨고 조심스럽게, 신중히 한 문장 한 글자를 또박또박 확인하듯 읽었다.

리엘 레이포드.

아무리 봐도, 몇 번을 다시 봐도 리엘 레이포드라고 읽을 수밖에 없는 글자의 나열.

혹시 무슨 애너그램인가 싶어 스펠링을 분해해서 다시 조립해 봐도 결과는 변하지 않았다. 그다음에는 오일 라이터를 켜서 불로 지져봤지만 양피지는 아무런 변화도 보이지 않았다.

"……."

글렌은 몇 초 동안 깊은 침묵을 지키며 양피지에 기재된 그 이름을 응시했지만······.

그 흔들림 없는 무자비하고 잔혹한 현실에—.

"이게 뭐야아아아아아아아아아아아아아—?!"

온 힘을 다해 절규를 내지를 수밖에 없었다.

제1장 폭풍을 몰고 온 편입생

……내 안에 있는 새하얀 기억.

망막에 새겨진 듯한 하얀색— 그때 있었던 일은 지금도 선명히 기억하고 있다.

북극의 얼음 호수에 사는 물고기가 서서히 얼음덩어리로 된 관 안에 파묻히듯 그 날, 그 순간 나는— 몸도 마음도 서서히 죽어가고 있었다.

"하아…… 하아…… 하아……."

장소는 주위에 침엽수가 드문드문 보이는 숲 같은 곳으로 기억한다.

가장 먼저 떠오르는 것은 추위. 숨결조차 얼어붙는, 피부를 찌를 듯한 냉기. 살이 마비되는 듯한, 뼈부터 얼어붙는 듯한 혹한. 온갖 생명을 부정하는 빙하의 세계.

가장 인상적이었던 건 하얀색이다. 결벽을 상징하는 순백색. 나뭇가지도, 풀도, 땅바닥도 눈부실 정도로 가랑눈에 의해 하얗게 화장을 한 냉혹하고 아름답게 빛나는 은색의 세계.

조용히 흩날리는 눈꽃이 내 시야에 흐릿하고 가느다란 하얀색 노이즈를 만들며 나의 세계를 하얗고 차갑게 물들이고 있었다.

"······하아······ 아······ 하아······."

나는 무릎 아래까지 쌓인 부드러운 눈을 헤집으며 정처 없이 걸었다.

한 걸음······ 또 한 걸음. 천천히······ 천천히.

납처럼 무거워진 몸을 질질 끌면서. 머리와 어깨에 쌓인 눈을 털어낼 기력도 없이.

한 줌의 더러움도 없는 순백의 설원을 붉은색으로 더럽히며 걸었다.

내 몸에서 끊임없이 흘러내리는 피.

하얀 세계를 선명한 붉은색이 극채색으로 장식하면서 내 목숨은 모래시계의 모래알처럼 흘러내렸다.

"쿨럭······ 하아······ 하아······아······ 아아······."

귀를 찌르는 듯한 정숙이 머릿속에 웅웅 울린다. 그저 눈을 밟는 소리와 불꽃 같은 숨소리만이 메아리쳤고 그것은 곧 수북한 눈더미에 촘촘히 녹아들어서 열기를 잃고 산산이 흩어져갔다.

이미 팔다리에 감각은 없었다. 이 몸에 깊게 새겨진 상처의 고통조차 거의 느껴지지 않았다.

목숨의 등불이 꺼져가고 있음을 뼈저리게 체감했다.

―애초에.

왜, 나는, 이토록 살려고 발버둥 치는 것일까.

왜, 이제 곧 죽는다는 걸 알면서도 눈을 헤쳐가며 계속 걸을 수 있는 것일까.

"쿨럭, 나한테는…… 이제…… 아무것도…… 없는…… 데……."

그렇다. 나에게는 아무것도 없다. 살아갈 이유도, 살아갈 목적도, 살아갈 자격조차도.

나는 어떤 마술 결사의 『청소부』…… 까놓고 말해 암살자였다. 조직이 오빠를 인질로 잡은 탓에 오빠의 목숨을 보장하는 대신 명령받은 대로 『청소부』로서 조직과 적대하는 인간들을 계속 죽여 왔다.

다정했던 오빠는 나의 유일한 육친이자 나의 모든 것.

그런 오빠를 위해서라면— 이 손이 아무리 더럽혀지더라도 난—

……

……하지만 내 전부였던 오빠는 죽었다. □□□에게 살해당했다.

오빠는 이제 어디에도 없다.

그렇다면 오빠를 위해 많은 사람을 죽여 온 나는 이제 사라져야 하는 게 옳지 않을까.

오빠를 위해 이 손을 피로 더럽히는 것을 계속 긍정해온 나는— 살아있어선 안 되는 존재가 아닐까.

하지만 걸음은 멈추지 않았다. 피할 수 없는 죽음으로 향하고 있다는 것을 알면서도, 쓸데없는 짓이라는 것을 알고 있으면서도, 기적이 일어나기를 바라며 계속 다리를 움직였다.

아아, 이 무슨 기만인가. 이 무슨 위선인가.

결국, 오빠를 위해서라는 건 핑계였을 뿐…… 나는 그저 내 목숨이 아까웠을 따름이다. 오빠를 핑계 삼아 자신이 진 무거운 죄를 계속 스스로 변호했을 뿐.

그런 위선자에게 신이 기적을 내릴 리가—

"윽……?! ………아아."

정신을 차리고 보니 난 차가운 눈 위에 쓰러져 있었다. 더는 몸에 힘이 들어가지 않았다.

일어나려고 애를 써도 손은 꼴사납게 눈을 파헤칠 뿐, 몸은 이제 내 말을 듣지 않았다.

……한계였다.

먼저 □□□에게 치명상을 입고 이곳에 이르기까지 조직의 추적자와 몇 번이나 교전을 거듭한 내 몸에는 헤아릴 수 없을 정도의 많은 상처가 새겨져 있었다. 오히려 여기까지 온 것 자체가 기적이었다.

그리고 차가운 눈 위에 쓰러진 내 몸은 극적으로 종언을 향해 치닫기 시작했다.

열기가— 몸에서 빠져나간다.

생명이, 몸에서 엄청난 기세로 흘러나가며 설원에 새빨간 꽃을 피운다.

"아······ 아······ 나······는······."

간신히 몸을 돌려서 하늘을 마주 본 나는 왼손을······ 내밀었다.

저 하늘을 움켜잡으려는 듯. 무의식적으로. ······무의미하게.

떨리는 왼쪽 손목에 보이는 것은 팔찌다. 과거에 오빠가 어딘가에서 받아온 한 쌍의 장신구.

『□□□□. 언젠가 함께 이 조직을 빠져나가서······ 둘이서 조용히 살아가자.』

문득 그리운 오빠의 목소리가 머릿속에 되살아났다. 이제 와서는 너무나도 덧없고 먼 아득한 꿈.

"······도와줘······요······. 오빠······ 나······."

흘러넘치는 눈물로 시야가 일그러진— 그 순간이었다.

"거기 누구야?!"

"······어?"

갑자기 거칠게 눈을 짓밟으며 다가오는 발소리가 들렸다.

잠시 후, 나무 사이에서 한 남자가 모습을 드러냈다.

"······아! 넌······?!"

나를 발견하고, 경악에 빠진 표정으로 내려다보는 그 사람은 마른 체구에 검은 머리와 검은 눈동자를 지닌 검은 외투를 입은 남자였다. 나이는 나보다 약간 연상. 왼손에 든 퍼커션식 리볼버를 이쪽으로 겨누고 있다.

하지만 무엇보다도 내 눈길을 끈 것은 그의 모습이었다.

그 용모와…… 체격은…… 누군가를 닮은 기분이 들었다.

"……오……빠……?"

아니다. 굉장히 닮았지만, 아니다. 애초에 오빠는 이미 죽었다.

"……미안하다. 괴로웠지."

오빠를 많이 닮은 그 남자는 내 모습을 확인하더니 총을 내리고 사과의 말을 입에 담았다.

"하다못해 내가 조금이라도 더 일찍 달려왔더라면……."

잠시 침묵한 그 사람은 갑자기 나에게 질문을 던졌다.

"저기, 너. ……이름은?"

"내……내 이름은——□□□□□□□□□□□□□□□□□□ □□□□□□□□□□□□□□□□□□□□□□□□□□

□□□□□□□□□□□□□□□□□□□□□□□□□□□ □□□□□□□□□□□□□□□□□□□□□□□□□□□

□□□□□□□□□□□□□□□□□□□□□□□□□□□ □□□□□□ 골치 아픈 걸 주워왔군, 글렌. 이 여자는 하늘의 지혜 연구회가 『□=□□□』으로 □□한 그 □□□□이 겠지? ……정말 바보 같은 짓을 했군."

갑자기 의식이 선명해졌다.

"어, 어쩔 수 없잖아……. 그 녀석의 마지막 부탁이었으니까……."

"네가 그 부탁을 받아들일 이유가 대체 어디에 있지?"

"확실히 네 말이 옳지만…… 그래도…… 그 녀석은……!"

"흥. 또 변함없이 그『정의의 마법사』놀이인가? 네놈은 여전히 구제할 도리가 없군."

나는 눈을 떴다. 이제 새하얀 눈은 보이지 않았다. 춥지도 않다. 따뜻하다.

여기는 어딘가 건물 안의 방인 모양이다. 청결한 인상의 하얀 방. 소독약 냄새.

하얀 침대 위에 눕혀진 나는, 아직 살아있었다.

침대 옆에 서 있는 것은 두 명의 남자. 한 명은 눈 덮인 세계에서 만났던 그 사람. 또 한 명은 모르는 사람.

"오, 잠자는 공주님이 이제야 눈을 뜨셨군. 야, 알베르트. 설교는 나중에 해."

"칫…… 맘대로 해라. 이번에야말로 난 정말 너에게 정나미가 떨어졌으니."

"하하! 그 말도 벌써 열 번째라고 이 츤데레 녀석…… 죄송합니다. 제발 제 미간을 겨눈 그 손가락을 내려주시면 안 될까요? 그런 쓰레기를 보는 눈으로 노려보지 말아 주세요. 진심으로 무섭다고요."

"……흥."

모르는 사람은 불쾌하다는 듯 코웃음을 치고 방을 나갔다.

"……제길."

그러자 눈 덮인 세계에서 만났던 사람은 조금 전까지의 호들갑스러웠던 태도는 어디로 갔는지 바로 무거운 한숨을 내쉬며 괴로운 듯 표정을 일그러트렸다.

"……만인을 평등하게 구원하는…… 그림책에서나 나올 법한 『정의의 마법사』……. 나도 알아……. 그딴 건 어린애 눈속임에 불과하다는 걸…… 그래도 나는……."

"……."

머지않아 내가 지켜보고 있다는 것을 눈치챈 모양이다.

그 사람은 어색한 표정으로 머리를 긁으면서 탄식하더니 날 내려다보았다.

"여, 또 만났네? 아니…… 처음 뵙겠습니다, 라고 말하는 편이 나으려나? 이런 경우에는."

"당신은…… 그 설원에서…… 날 구해준 거야……?"

어째서일까. 내 입에서 그 말이 나온 순간, 그 사람의 얼굴이 우울한 빛으로 덧칠된 것은. 뭔가 뒤가 켕기는 것을 감추려는 듯한 그 표정은…… 역시 왠지 모르게 오빠와 닮은 것 같았다.

"아……."

문득 깨달았다. 왼손에 위화감이 있었다.

나는 내 몸을 덮은 모포에서 왼손을 꺼내 손목을 뚫어지게 쳐다보았다.

"왜 그래?"

"없어……. 내…… 팔찌……."

"미안. 그건…… 뭐랄까……."

그 사람은 어째선지 한순간 말을 어물거렸다.

"……맞아, 몰수했어. 그건 우리들, 제국 궁정 마도사단에서 관리하기로 했거든."

"……안 돌려…… 줄 거야?"

"무리야. 사정도 설명 못 해. ……미안하지만 포기해."

그 말을 듣자 마치 신체의 일부가 떨어져 나간 듯한 상실감이 밀려왔다. 그 팔찌는 오빠에게 받은 것. 괴로울 때나, 힘들 때나 늘 오빠의 존재를 느끼게 해주었던…… 그런 물건이었는데.

"……미안하다."

그 사람은 다시 사과의 말을 입에 담았다.

처음 만났을 때도, 지금도.

왜 이 오빠를 닮은 사람은 나에게 사과만 하는 것일까.

"나는 글렌이라고 해."

내가 가만히 그 사람을 지켜보고 있자니 갑자기 자기소개를 시작했다. 당연히 오빠와는 다른 이름이었다.

"넌? 다시 말해줄 수 있겠어?"

이름. 내 이름.

이 사람에게는 전에 말해준 기분이 들었다.

하지만 어째서일까. 다시 한번 말해줘야만 하는…… 그런 기분도 들었다.

그래서 난 글렌이라고 자신을 소개한 사람에게 내 이름을 밝혔다.

"리엘. ……내 이름은 리엘."

"그렇……군. 리엘, 인가."

툭.

그 사람, 글렌은 내 머리에 손을 얹더니 슬픈 미소를 짓고 말했다.

"……잘 부탁한다. 리엘."

이것이 오빠와 닮은 사람…… 글렌과 나의 첫 만남이었다ㅡ.

…….

……흔들흔들. ……흔들흔들흔들.

누군가가 내 몸을 흔들고 있다.

"아가씨…… 이보쇼, 아가씨. 다 왔습니다만?"

어딘가 멀리서 들려오는 목소리.

"……응."

과거를 헤매고 있던 몽롱한 의식이 천천히 현재로 돌아온다.

"피곤한 건 이해하지만, 슬슬 일어나지 않겠소, 아가씨?"

난 천천히 눈을 떴다.

여기는 내가 찬 역마차— 소형 마차 안이다.

나는 마주 보는 형태의 가죽으로 된 의자 한쪽 구석에서 모포로 몸을 둘둘 말고 웅크린 채 잠들었던 모양이다.

"……?"

천천히 몸을 일으킨다. 약간 피로가 남아있지만 기분 자체는 나쁘지 않았다.

"오, 이제야 일어나셨구만. 잘 자셨소? 아가씨."

그러자 마차를 운전하던 마부의 모습이 활짝 열린 문 너머에서 보였다.

"이야~ 제도 오를란도에서 이 학구 도시 페지테까지 먼 길을 오느라 참 고생 많으셨습니다, 아가씨."

오늘까지의 여정에서 여행 길동무였던 마부가 웃으며 손을 내밀었다.

난 묵묵히 그 손을 잡고 친절한 마부의 에스코트를 받아 마차 밖으로 나왔다.

밖은 희미하게 아침 안개가 낀 시간대였다.

주위는 아직 어둑어둑하다.

이 페지테 근교에 있는 마차 역 주위는 물론이고, 저 멀리 보이는 경사진 지붕의 건물이 쭉 늘어선 페지테의 거리도 아직 잠에서 깨어나지 않은 시간대였다.

"아가씨, 그 교복은…… 알자노 제국 마술학원의 교복이었던가? 옳거니, 아가씨도 앞으로 그 학원에 다니게 된 모양이구려."

마부는 스스럼없는 태도로 말하면서 마차 안에 실은 내 여행 가방을 꺼내 나에게 내밀었다.

끄덕.

나는 고개를 한 번 끄덕인 후 가방을 받아들었다.

"하하하! 앞으로 공부 열심히 하쇼. 아가씨."

마부는 나에게 격려의 말을 건네면서 다시 마부 석 위로 올라갔다.

"자, 그럼 오늘은 당사의 역마차를 이용해주셔서 참으로 감사했습니다. 앞으로도 애용해주시길…… 그리고 식사도 꼭꼭 챙겨 드시구려. ……그럼 이만."

마부는 장난스럽게 영업용 멘트로 인사하며 모자를 깊이 눌러 쓴 후, 말고삐를 잡아당겨서 역 근처에 있는 마구간으로 마차를 몰고 갔다.

나는 잠시 그 모습을 멍하니 눈으로 배웅한 후 페지테로 시선을 돌렸다.

이 마을에는 얼마 전에도 왔었지만 왠지 오랜만에 돌아온 기분이 들었다.

아마 이곳에 글렌이 있기 때문이리라.

"……"

눈을 감는다.

얼마 전의 마술 경기제에서 1년 만에 본 글렌의 모습을 떠올려 보았다.

그러자 아주 조금이지만 기분이 고양되는 것을 자각했다.

이번 임무…… 내용은 잘 모르겠지만 아무튼 글렌의 곁에 있을 수 있다.

그건 무척 좋은 일이다.

1년 전에 갑자기 글렌이 내 곁에서 사라진 후부터 나는 줄곧 정체를 알 수 없는 불안감에 시달려왔다. 항상 가슴 속에 이유를 알 수 없는 불쾌감이 남아 있었다.

하지만 얼마 전에 우연히 글렌과 재회한 것을 기점으로 그 불안감과 불쾌감은 단숨에 날아갔다.

'또 당분간은 글렌과 함께 있을 수 있어…….'

그렇게 생각하는 것만으로도 거칠어졌던 마음이 매우 잔잔해졌다.

역시 이유는 잘 모르겠지만 가슴 속이 기분 좋은 느낌으로 가득 차오르는 것 같았다.

"……응."

어서 만나고 싶다.

나는 눈을 뜨고 페지테를 향해 걷기 시작했다.

시내 지도를 지참하는 것도 깜빡했고 얼마 전에 왔을 때 머릿속에 욱여넣었던 구조도도 전부 말끔히 사라졌지만.

……뭐, 어떻게든 될 것이다. ……감으로.

…….

　알자노 제국 마술학원의 학생인 시스티나 피벨에게는 요즘 들어서 작은 비밀이 생겼다.

　주위 사람들에게는 밝힐 수 없는…… 아니, 밝히고 싶지 않은 비밀.

　그리고 오늘도 그 비밀의 시간이 시작되려 하고 있었다.

　"……으……응."

　아직 어둑어둑한 새벽녘.

　시스티나는 자기 방의 침대 위에서 눈을 떴다.

　그녀는 아침에 강한 편이다. 자기 전에 내일 일찍 일어나야 한다고 강하게 의식하면 자연스럽게 눈이 뜨이는 체질이었다. 이 특기는 지금 그녀가 숨기고 있는 비밀을 지키는 데 무척 도움이 되었다.

　잠에서 깬 시스티나는 약간 몽롱한 정신으로 천천히 방 안을 둘러보았다. 고귀한 멋이 느껴지는 구조의 방이지만 가구는 거의 없다. 눈에 띄는 건 마술과 고고학 관련 서적이 빼곡하게 꽂혀 있는 커다란 책장, 의자와 책상, 난로 같은 실용적인 물건들뿐. 사춘기 소녀의 방치고는 약간 살풍경한 광경이었다. 루미아의 방 — 복도 맞은편에 있는 누가 봐도 소녀다운 방 — 과는 많이 다르다.

　마도청에 근무하는 고급관료인 부모님의 수입 덕분에 시스티나가 살고 있는 피벨 저택은 지어진 지 벌써 반세기를 넘은 건물임에도 풍격과 위엄을 겸비한, 어엿한 귀족 저택의 모습을 유지하고 있었다.

여담이지만 시스티나의 부모님은 일 관계상 자주 제도로 출장을 가느라 집을 비울 때가 많아서 피벨 저택에서 생활하는 건 기본적으로 시스티나와 루미아 단둘뿐이다. 따라서 광대한 저택의 유지, 관리, 경비, 가사 등은 이 저택에 소환되어서 정착한 도우미 요정들의 힘을 빌리고 있었다.

"……좋아."

시스티나는 조용히 침대에서 내려와 옷장 앞에 서서 재빨리 몸단장을 시작했다. 잠옷으로 입은 얇은 비단 네글리제를 벗고 움직이기 편한 복장으로 갈아입은 후 외투를 걸쳤다. 왼손에는 늘 애용하는 장갑을 꼈다.

나갈 채비를 마친 시스티나는 문을 열고 방에서 나왔다.

복도 맞은편에 있는 방은 루미아의 방이다. 아마 아무것도 모른 채 아직도 꿈속에서 헤매고 있을 것이다. 그녀는 아침에 특히 약한 편이라 어지간한 일이 벌어지지 않는 한 잠에서 깰 일은 없다.

"……미안."

요즘 들어서 버릇이 된 사과의 말을 중얼거린 시스티나는 조용히 저택을 나섰다.

아직 어두운 시간에 몰래 피벨 저택에서 나온 시스티나는 일과가 된 약속 장소를 향해 빠른 걸음으로 이동했다.

목적지는 페지테 여기저기에 있는 자연공원 중 한 곳이다. 학생가 쪽에 있는 그 자연공원은 북쪽 지구에 사는 사람들이 낮에 삼림욕이나 산책을 즐기는 쉼터였다.

하지만 지금은 워낙 이른 아침이라 사람의 모습은 전혀 찾아볼 수 없을 정도로 한산했다. 시스티나는 그 고용한 정적을 깨트리듯 낙엽으로 된 융단을 사각사각 밟으면서 드문드문 심어진 나무 사이를 빠져나와 어떤 장소에 도착했다.

비밀의 약속 장소인, 다른 나무보다 한층 더 커다란 너도밤나무 앞이다.

밀회 상대는 먼저 와서 그녀를 기다리고 있었다.

"……오늘은 좀 늦었군. 너답지 않게."

그 밀회 상대― 글렌은 약간 불쾌한 목소리로 시스티나에게 말을 걸어왔다.

"으…… 그게, 죄송해요……. 어제 잘 때…… 오늘 선생님과 만날 생각을 하다 보니…… 왜, 왠지 긴장이 돼서 잠이 잘 안 오길래……."

시스티나는 살짝 뺨을 붉히며 거북한 듯 시선을 피했다.

"……하하, 기대했던 거야? 너, 완전 마조히스트구나."

"바, 바보! 그, 그런 게 아니라구요……!"

시스티나는 심술궂게 웃는 글렌의 말을 황급히 부정했지만 곧 그 목소리는 점점 힘을 잃었다.

"그런데 너도 참 나쁜 딸내미네, 하얀 고양이. 아직 시집 도 안 간 처녀가 부모님께 비밀로 하고 나랑 매일 이런 짓이 나 하다니……. 부모님이 아시면 울걸?"

"그, 그건…… 그야 어쩔 수 없잖아요……. 저는…… 그 게……."

"뭐, 됐다. 마침 여기라면 아무도 없으니 방해받을 걱정 없이 맘 놓고 할 수 있겠지. 얼른 시작하자."

글렌은 인내심이 한계에 달했는지 시스티나에게 다가왔다.

"……자, 잠깐만요. ……전, 아직…… 마음의 준비가……!"

시스티나는 글렌에게서 달아나려는 듯 뒷걸음질을 쳤다.

하지만 진심으로 달아날 생각은 없는지 완만하고 폭이 작 은 움직임이었다.

"미안하군. 난 성질이 좀 급해서."

글렌은 개의치 않고 계속 다가왔다.

……다가온다.

"아…… 으으……."

시스티나는 이윽고 체념한 듯 발을 멈추었다.

긴장해서 떨리는 어깨를 손으로 움켜잡고 살짝 고개를 숙 이며 작은 목소리로 속삭였다.

"저기…… 아프게 하진 말아주세요……. 될 수 있으면 살 살……."

"보증은 못 하겠다만."

글렌은 씨익 하고 가학적인 웃음을 지었다.

"뭐랄까~ 넌 괴롭히는 보람이 있거든."

"으으…… 이 악마……."

그리고.

아무도 없는 단둘뿐인 세계에서.

그 누구에게도 밝힐 수 없는 두 사람만의 비밀이 오늘도 시작되었다.

…….

……얼마나 시간이 지났을까.

"하아…… 하아…… 하아……."

날이 밝아오기 시작할 무렵.

낙엽으로 만들어진 융단 위에는 힘없이 축 늘어져 있는 시스티나의 모습이 있었다.

옷이 심하게 헝클어진 데다가 뺨은 새빨갛게 달아올랐고 온몸에서 땀까지 흘리고 있었다. 눈동자는 초점이 맞지 않는지 공허했으며 열기를 띤 애처로운 숨결이 가느다란 목에서 쉴 새 없이 새어 나오고 있었다.

"죄송해요……. 이제 그만, 선생님……. 저, 전…… 이제…… 무리예요…… 허리가……."

글렌은 헛소리처럼 웅얼거리는 시스티나의 모습을 완전히 풀린 넥타이를 고쳐 매면서 어이없는 눈초리로 내려다보았다.

"뭐야, 칠칠찮게. ……하긴, 양갓집 규수인 네가 이런 일을 해볼 기회는 없었을 테니 익숙해지기 전까지는 어쩔 수 없으려나."

"……이, 익숙해진다니…… 이게 정말로 익숙해질 수 있는 건가요……?"

간신히 몸을 일으킨 시스티나는 뜨겁게 젖은 눈으로 글렌을 올려다보았다.

뇌가 마비된 것처럼 멍하다. 시야는 마치 뿌옇게 안개가 낀 것처럼 정상적인 사고를 방해했다. 몸속의 심지가 뜨겁게 욱신거렸다. 계속 부담을 받은 허리에는 전혀 힘이 들어가지 않았고 격렬한 운동으로 지친 팔다리는 마치 허공을 둥실 둥실 떠다니는 것만 같았다.

이런 건…… 앞으로 몇 번을 경험해도 도저히 익숙해지지 않을 게 분명하다.

"익숙해지고말고. 실제로 첫날에 비하면 꽤 좋아졌어, 넌."

"좋아졌다니……. 전 선생님께 계속 농락만 당했는데……."

"바~보. 이 방면에서 날 능가하는 건 백 년은 일러."

"……경험이 아주 참 풍부하신가 보네요."

어딘지 모르게 심통이 난 듯한, 불만스러워 보이는 표정으로 시스티나는 글렌을 노려보았다.

"자, 몸 차가워지겠다. 조심해. 너도 일단은 여자니까."

"……아."

글렌은 자신의 로브를 시스티나의 어깨에 걸쳐 주었다.

그녀는 그가 때때로 보이는 이 친절함에 약했다. 그의 생각대로 조종당하는 듯한…… 느낌이 강하게 들곤 했다.

'……으…… 선생님의 체취가 느껴져……'

로브에 감싸인 시스티나는 묘한 부끄러움 속에서 숨이 가라앉는 것을 계속 기다렸다.

피로가 기분 좋게 느껴졌다. 아침의 차가운 공기가 무척 시원하다.

계속 이대로 여운에 잠겨있었으면 좋을 텐데.

그러나―.

"저기요, 선생님……. 전부터 이상하게 생각했던 건데……."

도저히 이해할 수 없는 점이 있어 자리에서 일어나 글렌에게 질문했다.

"마술 전투를 가르쳐주겠다고 하셨는데…… 왜 제가 권투 훈련을 받고 있는 건가요……?"

"흠, 왜 그 질문이 안 나오나 싶었다."

그렇다. 이건 마술 전투를 대비한 새벽 특별 훈련이었다.

요즘 들어서 시작한 두 사람만의 비밀이었다.

시스티나는 루미아의 사정을 알고 있는 소수의 인간 중 한 명이다. 하지만 현재의 그녀에게는 글렌처럼 루미아를 지켜줄 힘은 없다. 마술의 소질은 우수하지만 누군가를 지키면서 싸우기에는 여러모로 미숙했다.

그래서 시스티나는 비상시에 루미아를 지켜주면서 싸울 수 있도록 글렌에게 마술 전투의 기초를 가르쳐달라고 요청했다.

처음에 글렌은 그 요청을 마땅치 않게 여겼다.

하지만 시스티나가 재차 성심성의껏 부탁하자 겨우 마음을 돌리고 이른 아침부터 일대일로 지도를 해주게 되었다.

하지만…… 첫날부터 받은 훈련은 권투의 스파링뿐이었다.

먼저 간단하게 권투 기술과 자세를 확인한 후 서로 다치지 않도록 양손에 권투용 가죽 장갑을 낀다. 글렌은 그저 시스티나의 몸에 가볍게 주먹을 가져다 대기만 할 뿐, 반면에 시스티나는 글렌을 때리기 위해 전력을 다하는 규칙으로 매일 대련만 했다.

그런 유리한 규칙인데도 시스티나의 주먹은 글렌의 몸에 닿기는커녕 스치지도 못했다. 하지만 글렌의 주먹은 끊임없이 시스티나의 몸에 살짝살짝 닿았다.

평소에는 늘 멍하니 있느라 시스티나의 주먹이나 발차기에는 거의 무방비했던 글렌이지만, 일단 『그럴 마음』을 먹고 권투 자세를 취하면 신기할 정도로 공격이 닿지 않았다. 그의 경쾌한 풋워크 앞에서 허무하게 허공을 스치는 동작을 반복할 뿐이다.

이윽고 제풀에 지친 시스티나가 마지막에는 땅바닥을 구

르는 일과를 되풀이했다. 익숙하지 않은 권투를 배우느라 그런지 요즘 들어서 허리나 어깨 부근의 근육통이 엄청나게 심했다.

물론 그녀도 기초적인 훈련부터 시작할 거라고 처음부터 각오는 했었다. 하지만 그건 틀림없이 마력을 높이기 위한 훈련이나, 새로운 주문의 습득이나, 주문을 더욱 짧게 단축하는 부류의 훈련이라고 예상했었다.

그런데 막상 뚜껑을 열고 보니 하필이면 권투. 왠지 납득이 가지 않았다.

"마찬가지야. 권투도 마술 전투도 근본적인 부분에서는."

하지만 글렌은 그런 시스티나의 불만을 예상했다는 듯 말했다.

"상대의 몸에 주먹이 닿으려면 몇 가지의 조건이 필요하다는 건 알고 있겠지? 상대보다 속도가 빠르거나, 상대의 허를 찌르거나, 페인트로 틈을 만들거나, 상대의 동작이 시작되는 기점이나 끝나는 타이밍을 노리거나, 상대의 공격에 맞춰서 카운터를 노리는 것 등등. 어때? 마술 전투랑 똑같잖아?"

"그건…… 그럴지도 모르겠지만."

"권투를 훨씬 더 복잡하고 어렵게 한 게 마술 전투라고 보면 돼. 아무튼 권투 훈련을 하다 보면 마술 전투의 기초가 몸에 배어든다고나 할까, 전투 감각이 단련되기 마련이거든."

정말로 효과가 있는 것일까. 마술 훈련에 권투를 도입한다는 건 듣도 보도 못했다.

"대인용 무술이라면 검술이라도 상관없겠지만…… 뭐, 난 이쪽이 특기니까."

"으~ 왠지 속는 기분이……. 늘 저한테 설교를 듣는 울분을 마침 이때랍시고 풀려는 듯한……."

"당연히 그런 점도 있지."

"그런 건가요?!"

시스티나는 마치 고양이처럼 샤아~! 하고 위협하듯 글렌에게 따지고 들었다.

"야, 야, 화내지 마. 권투 대련이 마술 전투에서 공수(攻守)의 타이밍을 읽는 데 도움이 된다는 건 정말이라고. 세리카가 직접 짠 수련법이기도 해. 나도 어릴 때부터 자주 이렇게 해왔으니까."

글렌은 하늘을 올려다보고 감회에 젖은 말투로 말했다.

평소에 보여주지 않는 온화한 옆얼굴은 거짓말을 하는 것처럼 보이지 않았다.

"으~."

시스티나는 아무래도 납득이 가지 않았지만 이 분야에서는 잠자코 글렌의 지도를 따르기로 각오했었다. 그래서 어쩔 수 없이 입을 다물었다.

"그런데…… 너, 정말로 괜찮겠어? 양갓집 규수가 이런 야만스러운 짓을 해서. 아니, 뭐. 권투는 일단 항간에서는 검술과 어깨를 나란히 하는 귀족과 신사의 소양이라고는 한다만."

"몇 번이나 말씀드렸을 텐데요. 괜찮아요. 저번처럼……
비상시에 그 애의…… 루미아의 힘이 되어주지 못하는 건
싫으니까요."

"아, 그랬었지. ……그런데 하필이면 왜 나냐? 너, 날 싫어
하는 거 아니었어? 네 인맥이라면 더 좋은 스승을 학원 안
팎에서 얼마든지 구할 수 있었을 텐데."

"그…… 그건…… 그게……."

갑자기 말문이 턱 막혔다. 확실히 시스티나는 루미아를 지
키고 싶었다. 루미아를 위해 강해지고 싶었다. 그 감정은 거
짓 없는 사실이다. 그런 각오로 머리를 숙인 것도 사실이지만
그 가르침을 청한 상대가 글렌인 건…… 대체 어째서일까.

확실히 글렌은 마술사로서는 삼류지만…… 마도사로서는
일류다. 싸우는 법을 가르치는 스승으로서는 더할 나위 없
는 상대다. 하지만 이유가 단지 그것뿐일까?

"뭐, 됐다. 싫어하는 나에게 일부러 고개를 숙일 정도였
어. 어지간히 루미아가 소중한 거겠지. 애당초 그 녀석의 사
정을 알고 있는 상대라면 이유를 얼버무릴 필요도 없을 테
니까."

"마, 맞아요! 그거예요! 그거! 다른 사람한테는 사정을 밝
힐 수가 없으니까요!"

자신이 한 말이지만 위화감이 느껴졌다. 그리고 글렌이

자신에게 미움받는다는 식으로 말할 때마다 이상하게도 가슴이 쿡쿡 쑤셨다.

시스티나는 이 위화감과 통증의 정체를 알 수 없어서 멍하니 홀로 사색에 잠겼다.

"뭐, 당분간은 권투 훈련을 중심으로 체력과 전투 감각을 단련해나갈 거다. 이게 어느 정도 쌓이면 조만간 군용 마술과 그 효율적인 사용법을 가르쳐주마."

"구, 군용…… 마술."

글렌의 말에 시스티나는 등골이 서늘해지는 기분을 느끼며 마른침을 삼켰다.

군용 마술은 말 그대로 전쟁용의 강력한 주문— 순수하게 인간을 살상하기 위한 마술이다. 학원에서 배우는 범용 마술과는 위력이 그야말로 하늘과 땅 차이다. 시스티나도 전에 군용 마술을 실제로 본 적이 있지만…… 지금 다시 떠올려 봐도 그 흉악한 위력에는 몸서리가 쳐졌다.

"무섭냐? 하지만 만약 네가 『비상시』에 정말로 루미아를 지키고 싶은 거라면…… 역시 『힘』은 필요해. 그건 어쩔 수 없는 사실이야. 네가 나에게 싸우는 법을 가르쳐달라고 부탁했던 그 날의 네 각오가 진짜라고 느껴서 나도 그 각오에 응해주기로 한 거다. 군용 마술이라는 말만 듣고도 두려움을 느끼는 너라면…… 마술의 어두운 면에 휘둘리지 않고 올바르게 『힘』을 행사할 수 있을 거라고 믿고."

"서, 선생님……."

"뭐, 네가 그 『힘』을 써야만 하는 『비상시』…… 그 순간이 오지 않는 게 가장 좋겠지만 말이다."

등을 돌리고 있기에 지금 글렌이 어떤 표정을 짓고 있는지 알 수 없었다.

하지만 시스티나가 지금 그의 등에서 받고 있는 감정은…… 틀림없는 경의였다.

"앞으로도…… 많은 지도 편달을 부탁드릴게요, 선생님."

꾸벅.

시스티나는 등을 꼿꼿이 펴고 글렌의 등에 자연스럽게 고개를 숙였다.

새벽 훈련이 끝난 후 시스티나는 몰래 피벨 저택으로 돌아왔다. 세면대 앞에서 땀에 푹 젖은 옷을 벗고 욕실로 들어가 가볍게 샤워를 한다. 저수조에서 파이프로 끌어올린 물을 석탄 연료로 가열한 물은 샤워하기에 딱 적당한 온도였다. 땀과 함께 피로까지 말끔히 씻어주었다.

시스티나는 샤워를 마치고 상쾌해진 상태에서 씻기 전에 가져다 놓은 교복을 입고 주방으로 이동했다. 양친이 부재중일 때의 피벨 저택에서는 아침에 약한 루미아 대신 시스티나가 아침 식사 준비를, 밤에는 마술 공부로 바쁜 시스티나 대신에 루미아가 저녁을 준비하는 식으로 역할을 분담했다. 따라서 오늘도 시스티나는 도우미 요정들과 함께 아침 식사를 차렸다.

준비를 마친 그녀는 방으로 돌아와 루미아를 깨웠다.

"얘~ 루미아~? 일곱 시가 지났어~. 슬슬 일어나야지~."

"……으, 음냐……?"

잠이 덜 깬 루미아와 함께 아침 식사를 마친 후에는 등교할 준비를 한다.

이날 피벨 저택에서 나온 건 여덟 시 전이었다. 여느 때와 다르지 않았다.

오늘도 즐겁게 잡담을 나누며 사이좋게 등굣길을 걷는다.

얼마 전까지는 단둘만의 등교 시간이었지만…….

"아, 선생님! 안녕하세요!"

"……으음, 오늘도 지각하지 않는 기록을 연속으로 갱신하셨네요."

맞은편의 십자로에서 익숙한 인물이 그녀들을 기다리고 있었다.

글렌이다.

"……그래, 안녕."

두 사람이 가까이 다가오자 글렌은 표정으로 엄청 졸린다는 티를 팍팍 내며 아침 인사로 대답했다.

"아하하, 선생님도 참…… 전 신경 쓰지 말고 아침에는 더 느긋하게 주무셔도 되는데……."

"……뭐, 난 아침에 걷는 걸 좋아하는 것뿐이니까. 우연히 너희들과 가는 길이 같기도 하고, 우연히 출근 시간이 겹치기도 했고."

글렌은 나란히 걷는 루미아와 시스티나의 몇 걸음 뒤에서 함께 걷기 시작했다.

루미아가 『하늘의 지혜 연구회』의 목표가 되었다는 사실이 판명된 후부터 그는 늘 등하교 시간에 호위로 그녀들을 따라다녔다.

하지만 글렌은 강사이고 루미아는 학생이다. 사정을 모르는 학원의 강사와 학생들은 필요 이상으로 루미아에게 간섭하는 글렌에게, 스토커라느니 학생을 꼬시려 드는 쓰레기 강사라는 둥 온갖 비방을 퍼부었다. 원래 글렌은 그를 좋아하는 사람은 끝까지 좋아하지만 싫어하는 사람은 끝까지 싫어하는 타입의 인간이었다. 그를 좋게 보지 않는 사람들에게는 절호의 기회였다.

게다가 루미아는 엄청난 미소녀. 마찬가지로 미소녀지만 약간 가시가 있는 시스티나와 달리 성격이 온화하며 상대를 가리지 않고 친절하게 대하는 소녀였다. 그러다 보니 자연스럽게 학원의 남학생들 사이에서는 무척 인기가 높았다. 그런 루미아가 지나친 간섭에 오히려 기뻐하는 기색을 보이고 있으니 글렌에 대한 주위의 시샘에 더더욱 박차가 더해지는 건 지극히 당연한 일이었다.

글렌이 담당하는 2반 학생들은 그의 도움을 받았고 그를 잘 알고 있기에 예외였지만, 글렌은 자기도 모르는 사이에 학원 남학생의 대다수를 적으로 돌리고 만 것이다.

하지만 글렌은 비방이나 악의쯤은 전혀 개의치 않았다.

아무런 변호와 반론도 하지 않고 이렇게 담담히 자신이 올바르다고 판단한 일을 계속 수행했다. 그 우직함, 어떤 의미로는 신앙에 목숨을 건 성자처럼 한결같은 올곧음에는 루미아와 그 옆에서 지켜보고 있는 시스티나 역시 솔직하게 경의를 표할 수밖에 없었다.

루미아는 자기 탓에 글렌이 비난에 시달리는 건 괴로웠지만 그래도 그 호의를 거절할 수는 없었다. 그건 글렌의 신념을 업신여기는 짓이었다.

"그럼 오늘도 잘 부탁드릴게요. 늘 감사합니다, 선생님."

그래서 루미아는 결국 오늘도 평소와 다름없이 감사의 말을 전할 따름이었다.

"아하하! 왜 감사하다는 건지 난 도통 모르겠다만."

글렌의 호들갑스러운 태도도 평소와 다름이 없었다.

그리고 평소와 다름없이 셋이서 학교로 향했다.

"아, 그러고 보니 선생님. 오늘 편입생이 온다면서요?"

"응, 맞아. 친하게 지내줘라."

"그런데 별일이네요? 이런 시기에 편입생이라니……."

잡담을 나누면서 등교하는 익숙한 광경.

그러나 그 날은 그 익숙한 광경에 이물질이 끼어들어 왔다.

"……응?"

시스티나는 문득 깨달았다.

학원 정문으로 이어지는 언덕 위에 교복을 입은 작은 체구의 소녀가 등을 돌리고 멀거니 서 있었다. 그 소녀의 가장 특징적인 인상은 멀리서 봐도 확 눈에 띄는 옅은 파란색의 머리카락이었다. 제국에서는 굉장히 드문 색이다 보니 학원에서도 저런 색의 머리를 한 학생은 없는 것으로 알고 있었다.

'혹시 쟤가 그 편입생……? 우리 교복도 입고 있으니……'

시스티나가 소녀를 보고 추측을 한…… 그 순간이었다.

이쪽의 기척을 느꼈는지 그 파란 머리카락의 소녀가 뒤를 돌아보고, 뭐라고 중얼거리며 돌 바닥에 손을 댄 채 그대로 뭔가를 잡아당겼다.

'……어?'

시스티나의 의식이 얼어붙었다.

갑자기 십자 형태의 대검이 소녀의 손 밑에 나타났기 때문이다.

대검을 손에 든 소녀의 시선은 틀림없이 이쪽을 향하고 있었다.

다음 순간, 소녀는 검을 들고 바닥을 박찼다.

이쪽을 향해 일직선으로, 마치 지면 위를 비행하는 것 같은 엄청난 속도로 돌진해왔다.

이 갑작스러운 사태에 시스티나의 머릿속은 새하얗게 변했다.

'서, 설마, 저 애가—'

아침부터 당당히 자신들을 습격하는 상대로 짐작이 가는 건 단 하나밖에 없었다.

수수께끼의 마술결사— 하늘의 지혜 연구회.

저 소녀는 하늘의 지혜 연구회에서 보낸 자객인 것일까.

'아…… 루미아를…… 루미아를 지켜야 하는데—'

시스티나는 이런 상황을 늘 각오했었다. 그래서 글렌에게 싸우는 법을 배우려 한 것이다.

'내가…… 루미아를……!'

하지만 몸이 움직이지 않았다. 마치 시간이 멈춰 버린 것처럼…….

갑작스러운 적의 습격에, 그 소녀가 든 대검의 흉악한 반사광을 본 시스티나는 고작 단 한 걸음조차 움직일 수가 없었다.

"시스티!"

움직이지 못하는 시스티나를 감싸듯 루미아가 한 걸음 앞으로 나선 순간…….

맞은편에서 달려오던 파란 머리의 소녀가 한층 더 바닥을 강하게 박차고 높이 도약했다.

"……어?!"

소녀는 그대로 루미아와 시스티나의 머리 위를 크게 뛰어 넘어서 그 뒤로……

그리고—

"뜨아아아아아아아아아아아아아아아아?!"

얼빠진 비명을 듣고 그제야 제정신을 차린 시스티나가 뒤를 돌아보자, 주저 없이 대검을 휘두른 소녀의 모습과 아슬아슬하게 머리 위에서 양 손바닥으로 검날을 잡는 데 성공한 글렌의 모습이 보였다.

"이, 이, 이게 무슨 짓이야! 이 짜샤아아아아아아아! 날 죽일 셈이야?!"

글렌은 눈물이 글썽글썽한 데다가 새파랗게 질린 얼굴로 덜덜 떨면서 자신에게 검을 내려친 소녀에게 울부짖었다.

자객의 습격을 받은 것치고는 뭔가 거동이 이상하다.

"……만나고 싶었어. 글렌."

검을 휘두른 소녀는 졸린 듯 가늘게 뜬 눈을 하고 감정이 느껴지지 않는 목소리로 불쑥 그런 말을 꺼냈다.

"시끄러! 내 질문에 대답하라고, 리엘! 이게 대체 무슨 짓이야!"

글렌은 고함을 지르며 대검에서 손을 떼고 재빨리 뒤로 물러났다.

"인사."

"인사라고오~?! 너 인마, 인사라는 단어를 사전에서 백만 번쯤 다시 찾아봐!"

그러자 소녀의 표정이 아주 살짝 의아하다는 듯 흔들렸다.

"……아니야?"

"아닌 게 당연하잖아!"

"그치만 알베르트가 그랬어. 오랜만에 만난 전우에게 하는 인사 방식이라고."

"그럴 리가 있겠냐! 아니, 그 녀석이 시킨 짓이었어?! 제기랄! 알베르트 자식, 그렇게 내가 싫은 거냐?! 어디 두고 보라고! 빌어먹을~!"

"……아파. 그만해."

글렌은 악을 쓰며 소녀의 머리에 힘껏 헤드록을 걸었다.

어째 자객이나 전투와는 거리가 십만 광년쯤 먼 분위기였다.

"저기요…… 선생님? 그 애는 대체……?"

루미아는 난처한 미소를 짓고 글렌에게 질문했다.

"어? 그리고 보니 전에 마술 경기제에서……."

그리고 문득 지금 글렌에게 붙잡혀 있는 소녀가 낯이 익다는 것을 깨달았다.

"그래, 맞다. 기억하고 있었나 보네. 그런데 너희들, 내가 전에 제국군의 궁정 마도사단에 소속했던 시기가 있었다는 건 이야기했던가?"

"아뇨, 그래도 아마 그럴 거라고는…… 예상했지만……."

시스티나는 어떻게 반응해야 좋을지 몰라 우물쭈물 대답

했다.

"그런가. 뭐, 됐다. 그래서 리엘…… 이 녀석은 당시의 내 동료다. 루미아는 직접 만나 봤었고 하얀 고양이도 얼굴 정도는 본 적 있지? 뭐, 너랑 만났던 건 루미아가 변신한 리엘이었다만."

시스티나는 차분히 마음을 가라앉히고 파란 머리의 소녀…… 리엘을 지그시 응시했다.

듣고 보니 확실히 낯이 익었다.

"뭐, 뭐야~. 자객이 아니었던 거구나……. 다, 다행이다……."

시스티나는 긴장이 풀렸는지 그 자리에서 바닥에 무릎을 꿇고 안도의 한숨을 내쉬었다.

"그래서 말인데…… 이미 대충 눈치챈 것 같다만, 이 녀석이 그 편입생이다. 표면상으로는."

"……표면상으로요?"

루미아는 고개를 갸웃했다.

"그래. 듣자 하니 제국 정부에서 널 정식으로 경호하겠다는 결정을 내린 모양이더군. 그래서 일단 제국 궁정 마도사단에 속한 마도사인, 이 녀석이 파견된 거라나 봐."

"그, 그런 거였나요……. 그건 그렇고 그 애가 마도사라니…… 굉장하네요……."

시스티나는 눈을 동그랗게 뜨고 리엘을 쳐다보았다. 제국 궁정 마도사단은 제국 최고 수준의 마도사들이 모이는 정예집단이다. 리엘은 겉모습은 자신들과 비슷한 나이인데도 이미 그런 집단의 일원인 것이다.

그렇게 생각하자 이 작고 무뚝뚝한 소녀가 굉장히 믿음직스럽게 보이기 시작했다.

"리엘……이랬죠? 오랜만……이라고 해야 할까요?"

바로 루미아가 인사를 건네려고 리엘에게 몸을 돌렸다.

"응."

"다시 자기소개를 할게요. 제가 루미아, 루미아 틴젤이에요. 그리고 얘가 제 친구인 시스티…… 시스티나. 제국 궁정 마도사단에 계신 분께서 와주다니 무척 마음 든든하네요. 앞으로 잘 부탁드려요."

"……응. 맡겨줘."

그러자 리엘은 살짝 가슴을 펴더니 역시 무표정한 얼굴로 말했다.

"문제없어. 글렌은 내가 지킬 테니까."

"예?"

"……뭐?"

너무나도 기상천외한 대답을 자못 당연한 듯 지껄이는 리엘 앞에서 루미아와 시스티나는 눈을 동그랗게 뜨고 굳어버릴 수밖에 없었다.

"내가 아니라고오오오오! 날 지켜서 어쩔 거냐! 이 멍청아!"

글렌은 리엘의 양쪽 관자놀이에 주먹을 대고 빙글빙글 돌

렸다.

"아파, 그만해."

"너, 인마! 리엘, 너. 임무 내용을 이해하기는 한 거야?! 네가 지켜야 할 건 이 녀석이라고! 이 녀석! 이 금발의 귀엽 디귀여운 루미아 양 말이다! 알겠어?!"

"……응? 어째서?"

"어째서? 가 아니라고! 너, 작전 설명도 안 들은 거야?!"

"……잘은 모르겠지만, 난 루미아보다 글렌을 지키고 싶어."

"닥쳐! 입 다물어! 그런 얼토당토않은 희망이 통할 거 같냐?! 이 바보야!"

글렌은 머리를 벅벅 헤집으며 한탄했다.

"아니, 그런 것보다 왜 하필이면 리엘이냐고! 예, 예. 어딜 어떻게 봐도 사람을 잘못 보셨잖아요?! 진짜 감사합니다! 특무분실 여러분, 진심으로 뭔 생각이냐고요! 진짜 정신 나간 거 아냐?!"

멍한 표정의 루미아와 시스티나를 젖혀두고 졸린 표정으로 서 있는 리엘에게 글렌이 일방적으로 소리를 질러대는 광경이 계속 이어졌다.

'……정말로…… 괜찮은 걸까……?'

그리고 제아무리 루미아라도 다소 불안을 느꼈다.

"……그런 고로."

장소를 변경해 알자노 제국 마술학원 2학년 2반 교실에서—.

"오늘부터 너희들의 새 친구가 될 리엘 레이포드다. 뭐, 사이좋게 지내줘라."

글렌이 리엘을 데리고 교실에 들어오자 학생들은 「오오!」하고 탄성을 질렀다. 반 학생들 ― 특히 남학생 ― 은 교단 앞에 서 있는 새 친구의 모습에 기쁜 표정을 지었다.

"오오……."

"……가, 가련해."

"우와, 저 예쁜 머리카락 좀 봐……."

"무슨 인형처럼 생긴 애네……."

인형. 확실히 리엘의 용모를 표현하기에 정확한 단어였다.

리엘은 육체 연령상으로는 이 반의 학생들과 거의 같은 나이지만 동안과 작은 체구 때문에 실제로는 나이보다 어려 보였다. 머리카락은 굉장히 보기 드문 옅은 청색. 남보라색 눈동자는 늘 졸린 듯 반쯤 감겨 있고 표정에는 감정이라고 할 만한 게 전혀 드러나지 않는다. 하지만 그 용모 자체는 참으로 아리따운 데다가 쓸데없는 동작은 조금도 취하지 않았다. 마치 조각상처럼 조용히 서 있는 그 모습은 확실히 인형이라고 평가하기에 마땅했다.

다만, 당사자는 자신의 탁월한 용모에 전혀 흥미가 없는 듯했다. 제멋대로 뻗친 머리카락에는 제대로 빗질도 하지 않고 목덜미 근처에 끈으로 대충 묶어놨을 뿐이었다.

하지만 그런 부분을 감안하고 봐도―.

"어, 엄청 귀여운 애잖아……."

"아니, 애초에 우리 반 여자애들은 전체적으로 수준이 엄청 높지 않아……?"

"정했어. 난 지금까지 아무 파벌에도 들어가지 않았었지만, 오늘부터는 리엘 파다. ……카이, 너도 어때?"

"그래, 동감이다. 로드. ……나도 오늘부터 리엘 파에 들어가겠어……."

"흥…… 난 웬디 님 말고는 안중에 없어! 여전히! 늘! 변함없이!"

"거기 있는 남자애들! 좀 시끄럽거든?!"

예상했던 대로 새로운 편입생 ― 더구나 용모가 범상치 않게 아름다운 소녀 ― 를 앞에 두고 교실은 남학생들 중심으로 소란스러워지기 시작했다.

'나 원 참, 이대로는 수습이 안 되겠군.'

글렌은 속으로 한숨을 내쉬었다.

뭐, 그 심정이 전혀 이해가 가지 않는 건 아니다. 입을 다물고 가만히 서 있는 리엘은 두말할 것 없는 미소녀. ……어디까지나 입을 다물고 가만히 서 있을 경우에만 한해서. 사춘기의 남자라면 마음이 들뜨는 게 당연하리라.

"아~ 뭐, 어쨌든."

글렌은 입을 열어서 웅성거리는 학생들의 시선을 강제로

모았다.

"너희들도 새 친구에 대해 궁금한 게 많을 테니 일단 리엘에게 자기소개를 부탁해볼까. 자, 리엘."

그러자 교실이 조용해지면서 학생들의 시선이 일제히 리엘에게 모였다.

그들은 리엘의 말을 경청하려…… 했지만—.

"……."

……침묵.

교실 안의 시선이 전부 집중되었는데도 리엘은 졸린 듯한 무표정을 조금도 무너트리지 않은 채 침묵을 고수했다.

점점 어색한 분위기가 흐르기 시작했다.

"……야, 인마."

그 어색함을 견디다 못한 글렌이 리엘의 머리를 옆에서 손가락으로 살짝 찔렀다.

"내 말 안 들렸어? 아니면 일부러 그러는 거냐."

"……?"

리엘은 아주 약간 의아하다는 듯 글렌을 눈동자만 굴려서 힐끔 흘겨보았다.

"저기요……. 부탁이니까 자기소개 좀 해주시겠습까? 지금 엄청 뻘쭘하거든요?"

"……왜? 날 소개해서 어쩌려고?"

"됐으니까 해! 부탁이니까! 이건 약속이랄까, 정해진 전개랄까, 뭐 대충 그런 거라고! 이런 상황에서는!"

"……그래? 알았어."

리엘은 고개를 살짝 끄덕이더니 한 걸음 앞으로 나섰다.

"……리엘 레이포드"

그리고 그 한 마디를 중얼거린 후 아주 살짝 고개를 숙였다.

"……."

……침묵.

"……야, 더 할 말은?"

"……이제 없어."

그리고 몇 초 정도 더 침묵이 이어졌다.

"이름밖에 소개 안 했거든?! 아니, 그건 처음에 내가 했잖아?! 지금 장난하는 거냐?! 아무리 사춘기를 전력 질주하는 「삐뚤어지고 쿨한 이 몸은 멋져」라고 자아도취에 빠진 꼬맹이라도 너보다는 조금은 더 제대로 된 자기소개를 할 거다!"

글렌은 리엘의 머리를 양손으로 움켜잡고 앞뒤로 마구 흔들어댔다.

학생들은 어안이 벙벙한 얼굴로 영문을 알 수 없는 만담을 지켜보았다.

"그치만 글렌. 무슨 말을 해야 할지 모르겠어."

"뭐든 상관없어! 취미든! 특기든! 어쨌든 다른 애들이 너에 대해 알 수 있도록 적당히 말하면 되는 거라고!"

"……그래? 알았어."

리엘은 고개를 살짝 끄덕이더니 한 걸음 앞으로 나섰다.

　"……리엘 레이포드. 제국군의 일익을 담당하는 제국 궁정 마도사단 특무분실 소속. 계급은 종기사장. 코드 네임은 『전차』. 이번 임무는……."

　"끄아아아아아아아아아! 으아아아아아아아아아아아아~!"

　글렌은 느닷없이 이상한 소리를 질러대더니 리엘을 옆으로 들쳐 안고 빠르게 교실 밖으로 뛰쳐나갔다.

　"저기, 쟤가 지금 뭐라고 했더라……?"

　"응~ 잘 안 들렸는데…… 제국군, 이라고 했던가……?"

　글렌의 이상한 비명 덕분에 학생들은 리엘이 작은 목소리로 무슨 말을 했는지 전혀 못 들은 모양이었다.

　그런 학생들을 아랑곳하지 않고 교실 밖에서는 「이 멍청아!」라든가 「너, 대체 무슨 생각이야?!」라고 화를 내는 글렌의 고함이 들렸다.

　그리고 몇 분 후…….

　두 사람은 교실 밖에서 뭔가를 쑥덕대더니 천천히 다시 안으로 들어왔다.

　"……장래에 제국군에 들어가는 걸 목표로 마술을 배우기 위해 이 학원에 왔다……는 걸로 되어 있어. 출신지는…… 뭐더라? 이텔리아 지방……? 나이는 아마 열다섯. 취미는…… 분명…… 독서. 특기는…… 뭐였더라, 글렌?"

　"나한테 묻지 마."

글렌은 관자놀이를 부들부들 떨며 신음을 흘렸다.

그 될 대로 되라는 식의 어설픈 자기소개에 학생들은 아연실색했다.

그런 가운데 글렌은 황당해하는 학생들의 분위기를 무시하고 이야기를 계속 진행하려 했다.

"뭐, 그런 거다! 아하하! 이야~ 어디에나 흔히 보이는 평범한 학생이지! 애들아. 이 지극히 평범하기 짝이 없는, 오히려 너무 평범해서 재미없는 리엘이랑 앞으로 잘 지내줘라! 그럼 어서 오늘 수업을……."

"잠시 괜찮을까요?"

그러자 학생 중 한 명이 손을 들었다. 머리카락을 양 갈래로 묶어 올린 귀족 아가씨 웬디였다.

"전 리엘 양에게 질문하고 싶은 게 있어요. 괜찮을까요?"

"아~ 리엘은 여기까지 먼 길을 오느라 피곤할 거다. 피곤하지? 피곤한 게 당연해. 응. 그러니까 그런 건 나중에……."

노골적으로 싫어하는 표정으로 글렌이 대충 흘려 넘기려 했지만―.

"……응. 뭐든지 물어봐."

"야! 너, 분위기 좀 파악하라고! 아니면 뭐야! 나한테 무슨 원한이라도 있는 거냐?!"

바로 질문을 받아들인 리엘을 보고 글렌은 머리를 벅벅 헤집으며 천장을 우러러보았다.

"괜찮으면 대답해주시겠어요? 당신, 이텔리아 지방에서 왔다고 하셨는데 가족은요?"

"윽!"

"……가족?"

그 질문에 글렌이 살짝 눈을 부릅떴고 리엘은 아주 살짝 눈썹을 움직였다.

"……오빠가…… 있었……지만……."

"아, 오라버니가 계셨군요. 후훗, 어떤 분이신가요? 지금은 어디에 계시죠? 뭘 하시는 분인가요?"

웬디의 질문은 딱히 부자연스러운 내용은 아니었다.

가족에 관한 질문은 자기소개 시간에 평범하게 나오는 평범한 질문이다.

하지만 리엘은 그 질문에 허를 찔린 듯 굳어 버렸다.

"오빠의…… 이름은……."

리엘은 눈썹을 살짝 모으고 관자놀이에 손을 댄 채로 대답하려 했다.

희미하게 떨리는 입술을 움직여서 망설이는 것처럼 말을 자아내려 했지만—.

"이름, 은…… 이름…… 이, 름……."

어째선지 그 이름을 꺼내지 못하고 있었다.

눈살을 찌푸리고 고개를 숙인 리엘의 표정은 어딘지 모르게 괴로워 보였다.

"미안, 가족에 관한 질문은 피해다오."

그러자 심각한 표정을 한 글렌이 옆에서 끼어들었다.

"사실 이 녀석에게는 지금 가족이 없어. ……이걸로 대충 눈치챘겠지만."

"예?! 그런…… 확실히 현재형이 아니라 과거형으로…… 미, 미안해요. 리엘 양. 전 아무것도 모르고…… 절대로 그런 의도로 질문한 건……."

웬디는 미안한 듯 시선을 내리깔고 리엘에게 사과했다.

"……괜찮아. 문제없어."

리엘은 중얼거리는 듯한 작은 목소리로 대답했다. 하지만 드물게도 그 가면 같은 얼굴에는 어딘지 모르게 납득이 가지 않는 듯한, 당혹스러운 감정이 약간 드러나 있었다.

"그, 그럼 말야!"

그 어색해진 분위기를 환기하려는 듯, 한 용기 있는 자가 손을 번쩍 들었다. 반의 큰형님 역할을 맡은 카슈였다.

"리엘이랑 글렌 선생님은 무슨 관계야? 뭐랄까, 이미 아는 사이 같고 엄청 친해 보이는데. 좀 가르쳐주면 안 될까~?"

카슈의 질문은 현재 이 반 전원의 마음속(특히 남학생)을 대변한 것이었다.

"아, 맞아요, 맞아. 그거예요, 그거. 그 점은 저도 신경이 쓰였답니다."

"역시 그렇지? 이왕 이렇게 된 거 속 시원하게 가르쳐주면 안 될까~?"

"아까부터 평범한 지인처럼 보이지는 않던데……."

그런 카슈의 의견에 다른 학생들도 편승했고 다시 교실이 시끄러워지기 시작했다.

"……나랑, 글렌의 관계?"

"……윽. ……그, 그건 말이다……."

뭐라고 해야 좋을까.

어쩔 수 없다. 지극히 정석적인 전개지만 『먼 친척』으로 밀어붙여 볼까?

글렌은 한순간 망설이며 입을 다물었고ー.

"글렌은 나의 전부. 난 글렌을 위해 살아가기로 정했어."

그 한순간의 망설임 탓에 치명상을 입고 말았다.

"야! 리엘. 너ー."

경악한 글렌이 부정할 틈도 없었다.

"꺄아아아아아아아아~! 대담해~! 정열적이야~!"

"으아아아아아아! 보자마자 첫눈에 반했는데 벌써 실연이라니이이이이이?!"

여학생들의 희색이 만연한 목소리와 남학생들의 비명으로 교실은 혼돈에 휩싸였다.

"금단의 관계! 교사와 학생의 금단의 관계~! 꺄아~! 꺄아~!"

"……교사와 학생의 관계는 윤리적으로 문제가 있지 않나."

"흐응, 선생님도 제법이네~."

"그, 그게 무슨 말씀이신가요! 카슈 씨! 이건 문제! 중대한 문제라구요~!"

"제기라알, 선생님……. 이러니저러니 해도 당신을 존경했었는데……. 오랜만에 아주…… 제대로 열받았습니다아……. 밖으로 좀 따라 나와보시죠오오오오—!(오열)"

"밤길에 뒤를 조심하는 게 좋을 겁니다아아아—!(오열)"

금단의 사랑에 흥분한 여학생들. 금단의 연애를 문제시 삼는 우등생들. 리엘과 가까워지고 싶었던 남학생 대부분의 원한이 맺힌 절규. 학생들은 각자의 상상력에 날개를 달고 글렌과 리엘의 문란한 관계를 추측해가며 말하고 싶은 대로 실컷 떠들어댔다.

"시끄럽다! 글렌 레이더스! 네놈, 이 소란은 대체 뭐냐! 내 수업을 방해할 생각이냐?! 네이놈…… 어디까지 날 걸고넘어져야 직성이 풀리는 거냐아아아아아!"

그러자 바로 옆 반, 1반의 담당 강사인 할리까지 무시무시한 얼굴로 2반 교실에 쳐들어왔다.

……이젠 도저히 수습할 수 없을 지경이다.

"뜨아아아아아아아! 왜! 왜 이렇게 되는 거냐고오오오~!"

글렌의 영혼이 맺힌 절규가 학원에 울려 퍼졌다.

그리고 그 아비규환의 지옥도 속에서 단 한 사람—.

"……?"

리엘만이 이상하다는 얼굴로 그 광경을 멍하니 지켜보았다.

제2장 혼돈에 휩싸이는 일상

"아아, 젠장…… 빌어먹을, 왜 내가 이런 꼴을……."

결투를 신청하겠답시고 씩씩대는 하뭐시기 선배를 간신히 말재간으로 구슬리고 리엘과의 관계에 대한 오해를 세 치 혀로 푼(풀었다고 믿고 싶은) 글렌은, 예상치 못한 일련의 소동으로 시간을 낭비해서 오늘 수업 일정에 큰 지장이 생기고 말았다.

그래서 어쩔 수 없이 예정을 변경해서 급히 마술 실기 수업을 하기로 했다.

밖으로 나가서 모두와 함께 몸을 움직이는 것으로 리엘이 반에 빨리 녹아들 수 있도록 글렌 나름대로 배려한 결과이기도 했다. 그렇게 되면 루미아를 호위하는 것도 한층 더 수월해질 터…….

그래서 글렌의 반 학생들은 마술 경기장으로 이동했다.

다행히도 이 시간대에는 비어있었다.

여기라면 누구나 마음껏 마술을 쓸 수 있었다.

"《뇌정(雷精)의 자전(紫電)이여》—!"

넓디넓은 경기장에 시스티나의 늠름하고 선명한 주문이

울려 퍼졌다.

　기세 좋게 앞으로 내민 왼손의 손가락에서 한줄기의 자전이 내달렸다.

　시스티나가 날린 전격은 약 2백 미트라 앞에 있는 인간형 청동 골렘을 향해 일직선으로 날아갔다.

　그 골렘에는 머리, 가슴, 양다리, 양팔 여섯 곳에 원형 표적이 설치되어 있다.

　그리고 시스티나의 전격은 정확하게 골렘의 머리에 달린 표적을 관통했고― 그 부분에 동전 정도 크기의 구멍이 깨끗하게 뚫렸다.

　"좋았어!"

　시스티나는 살짝 주먹을 쥐었다.

　그녀를 지켜보던 학생들은 「오오오~!」 하고 감탄했다.

　"굉장해……. 과연 시스티나……."

　"역시 명문가 출신 아가씨는 뭐가 달라도 다르네……."

　시스티나는 칭찬하는 말과 시선을 등으로 받아넘기면서 루미아에게 다가갔다.

　"굉장해! 시스티! 여섯 발을 전부 표적에 맞혔어!"

　그녀를 맞이한 루미아는 자기 일인 것처럼 기쁘게 말했다.

　참고로 루미아의 성적은 여섯 발 중에 셋. 명중한 표적은 왼손과 가슴. 그리고 조준이 어긋났지만 우연히 맞은 왼쪽 다리 세 곳이었다.

"호오, 제법이군. 하얀 고양이. 이 거리에서 여섯 발 전부 명중한 건 평범하게 대단한 거라고?"

글렌은 감탄한 듯 손에 든 보드에 결과를 적어 넣었다.

시스티나는 글렌의 칭찬에 한순간 기쁜 표정을 반짝였으나 곧바로 뾰로통하게 시선을 피했다. 기분 탓인지 모르겠지만 뺨이 약간 빨간 것처럼 보였다.

"으그그그극…… 이, 이걸로 이겼다고 생각하지 마세요! 시스티나!"

웬디는 분한 듯 손수건을 씹으며 시스티나를 노려보았다.

참고로 웬디의 성적은 여섯 발 중 다섯. 깔끔하게 연속으로 표적에 명중했지만 마지막 순간에 재채기를 해서 그때만 조준이 어긋나고 말았다.

"납득할 수 없어요! 이런 건 납득할 수 없다구요! 선생님! 재시험을 요구하겠어요! 제가 원래 실력을 전부 발휘했으면 시스티나에게 질 리가 없다구요!"

"그래, 그래. 알았다, 알았어. ……순서가 밀려있으니까 좀 있다 하자. 덜렁아."

"이이이이이익~!"

글렌은 히스테리를 부리는 웬디를 적당히 달래고 차례차례 실기를 진행했다.

"자, 다음. 카슈, 네 차례다."

"아, 예!"

이미 학생들의 머릿속에서 글렌과 리엘의 관계에 대한 의문은 어디론가 사라진 모양이었다.

자유롭게 마술 실력을 겨룰 수 있는 장소에서 그런 건 대수롭지 않은 문제였다. 다들 정신없이 자신의 마술 저격 솜씨를 뽐내고 있었다.

"흠…… 여섯 발 전부 꽝. 전부 아깝기는 한데…… 야, 카슈. 너, 집중력이 조금 부족한 거 아니냐……?"

"어, 어라……? 이상하네……?"

실기를 끝내고 결과를 내지 못한 카슈는 풀이 죽어서 뒤로 물러났다.

"뭐, 전부 아슬아슬하게 빗나갔으니 센스는 나쁘지 않아. 앞으로의 연습에 따라 더 나아질 거다."

글렌은 일단 위로해주면서 결과를 보드 위에 적었다.

"으…… 열심히 하겠습니다……."

얼마 전 마술 경기제의 결투전에서 대활약한 덩치 큰 소년이, 체격에 어울리지 않게 풀이 죽은 모습이 의외로 보기 흐뭇해서 여기저기 쿡쿡 웃는 소리가 흘러나왔다.

"역시 조잡한 성격의 너에게 이런 섬세한 실기는 짐이 무거웠나?"

"시, 시끄러. 나 좀 냅두라고! 지금 나한테 싸움 거는 거냐?!"

안경을 올려 쓰는 기블의 냉소에 카슈가 부루퉁하게 고함을 질렀다.

"카, 카슈! 진정해! 기블도 그런 말투는 좀⋯⋯."

그러자 그사이에 낀 마치 여자처럼 체격이 작고 얼굴이 예쁘장한 소년 세실이 어쩔 줄 몰라 했다.

한 마리 늑대 같은 타입의 기블과 사교성이 높은 카슈. 완전히 대조적인 성격의 두 사람이, 싸우는 것처럼 대화를 나누는 건 이 반에서는 일상다반사인 광경이었다.

하지만 카슈에게 기블을 진심으로 싫어하는 기색은 없었다. 이 두 사람은 사이가 좋은 건지 나쁜 건지 딱 잘라 구분하기가 어려운 관계였다.

"⋯⋯나 참, 그러는 넌 어떤데? 기블. 응? 그렇게 말하는 걸 보니 어지간히 자신이 있는 거겠지?"

"흥. 뭐, 잠자코 보기나 해."

"어이~ 다음. 기블. 너다, 와라."

마침 글렌의 호명을 받은 기블이 저격 위치로 느긋하게 걸어갔다.

⋯⋯.

⋯⋯그리고―.

"젠장, 기블 자식. 전부 명중이냐⋯⋯. 변함없이 밉살스러울 정도로 실력이 좋다니까."

"시스티나 다음가는 우등생이라는 건 겉치레가 아니었구나⋯⋯."

카슈는 분한 듯 투덜거렸고 세실은 감탄했다.

—이 정도쯤은 당연하잖아?

기블은 그런 감정을 빤히 내비치는 표정으로 실기를 마쳤다.

"흠……."

그리고 글렌은 기블의 결과를 보드에 기록하면서 지금까지 학생들이 낸 성적을 다시 확인했다.

시스티나와 기블의 성적은 뭐라 지적할 말이 없었다.

한 발을 놓쳤지만 웬디 역시 우수했다. 이번 실기 결과처럼 그녀는 중요한 순간마다 실수하는 버릇이 있어서 그렇지 평소처럼 하면 앞서 두 사람과 견줄 정도의 실력자다.

글렌의 반은 이 세 사람이 종합 성적으로도 특히 돌출되어 있는 경향이 컸다.

나머지는 거의 도토리 키 재기. 그 밖의 학생은 대부분 여섯 발 중 세 발 명중이라는 평균적인 성적을 기록했다. 루미아도 여기에 해당되었다. 그녀는 백마술— 특히 법의(法醫) 주문 계열에는 강하지만 그 밖의 실기 성적은 무난한 수준이다.

의외인 건 세실이었다. 여섯 발 중 다섯 발이 명중. 기본적으로 필기시험에서는 우수하지만 마술 실기에서는 약간 뒤떨어지는 학생이었는데, 얼마 전의 마술 경기제를 기점으로 마술 저격에 관해서만큼은 실력이 일취월장하고 있었다. 독서할 때 발휘하는 높은 집중력이 도움이 됐나 보다.

문제는 세실과 마찬가지로 실기에 약한 린이었다. 그녀의 성적은 여섯 발 중 한 발. 쏘는 순간에 눈을 감아 버리니 원래는 맞힐 수 있는 것도 당연히 빗나가기 마련이다. 카슈는 아직 연습이 부족할 뿐이지 비범한 센스가 느껴지므로 크게 걱정할 건 없겠지만 린에게는 약간 개별 지도가 필요할 것 같았다.

"자, 그럼……."

기록을 마치고 앞으로 학생들을 어떻게 지도할지 대충 생각을 정리한 글렌은 다음 학생에게 시선을 돌렸다.

그 시선을 따라 모든 학생이 한 학생을 쳐다보았다.

마침내 이 실기 수업의 주인공이 나설 차례가 온 것이다.

멀리서 표적의 교환 담당을 맡은 학생이 골렘에 붙인 표적을 다 교환했는지 손을 들어 신호를 보냈다.

그 신호를 본 글렌은 마지막 학생에게 말을 걸었다.

"좋아, 리엘. 네 차례다. 해봐."

"……응."

"잘 들어. 같은 표적을 노리면 안 돼. 한 개의 표적에 한 발씩. 일단 이번에는 그런 규칙이야. 알아들었어?"

"응. 알았어. 공격 주문으로 저 표적을 파괴할 것. 그런 거지?"

"그래, 맞아."

"맡겨줘."

글렌이 가리키는 방향을 따라 리엘은 사격 위치에 섰다.

"자, 그럼…… 어디 한번 솜씨를 감상해볼까요."

"리엘은 얼마나 명중시킬 수 있을까……?"

"아니, 어쩌면 굉장한 실력자일지도? 쟨 항상 쿨하니까 집중력도 높을 것 같은데……."

"그러고 보니 제국군에 입대하는 게 목표라고 했었지……."

그런 리엘의 모습을 모든 학생이 지켜보았다.

당연하다면 당연하다. 새로 온 동료가 어떤 실력을 지니고 있는지…… 신경 쓰이지 않을 리 없을 테니까.

리엘은 모든 학생의 관심을 한 몸에 모으면서 아득히 먼 2백 미트라 앞에 설치된 골렘을 여전히 졸린 눈으로 응시했다.

"《뇌정이여·자전의 충격으로·쓰러트려라》."

멀뚱히 선 채 마치 자로 잰 듯한 딱딱한 움직임으로 손가락을 사용해 전방을 가리키며 조용히 주문을 영창한다.

그러자 번갯불이 2백 미트라의 공간을 가로질렀다.

하지만 그 번갯불은 과녁은커녕 골렘의 몸을 크게 벗어난 오른쪽을 향해 날아갔다.

"""……"""

학생들 사이에 미묘한 침묵이 흘렀다.

'아니…… 확실히 리엘이 제대로 된 흑마(黑魔) 계열의 어설트 스펠을 쓴 건 군대에 있을 때도 본 적이 없었는데……

설마 이 정도까지 엉망이었을 줄이야…….'

이 예상을 벗어난 결과에는 글렌도 이마에 비지땀을 흘리며 당황할 수밖에 없었다.

단 한 발만 보고도 알 수 있다. 리엘의 마술 저격 실력은 이 반에서도 완벽한 꼴찌다.

"《뇌정이여·자전의 충격으로·쓰러트려라》."

리엘은 그 미묘한 분위기에도 굴하지 않고 담담히 주문을 영창했다.

이번에는 전격이 골렘의 왼쪽으로 크게 빗나갔다.

스치기는커녕 표적 근처로 날아가는 낌새조차 없었다.

그 순간 학생들의 시선이 값어치를 매기는 시선에서 작은 어린애를 지켜보는 따스한 시선으로 바뀌었다.

"리엘! 차분히 해! 차분히!"

"너무 긴장했어요. 이렇게 좀 더 자연스럽게 손을 뻗고……."

"힘내라~. 아직 네 발이나 남아있다고~."

"하하! 잘됐구나, 카슈. 네 라이벌이 생길지도 모르겠는걸."

"……기블, 넌 내가 그렇게 싫은 거야?"

리엘의 도전은 계속되었다.

하지만 좋은 결과로 이어지지는 못했다.

하늘로 날아가거나 땅에 명중하는 등…… 반 학생들의 조언을 받아도 리엘의 흑마 【쇼크 볼트】는 골렘의 몸을 스칠 낌새조차 없었다.

그리고 마침내 남은 건 여섯 발째— 마지막 한 발뿐이었다.

"……야, 리엘. 너, 그런 실력으로 용케도 지금까지 살아남 았구나?"

글렌이 기가 막힌다는 듯 중얼거린 순간이었다.

"응?"

글렌은 눈치챘다.

리엘이 아주 약간이지만 왠지 납득할 수 없다는 듯 고개 를 갸웃거리는 것을…….

"왜 그래? 리엘."

"응, 조금……."

리엘은 글렌을 돌아보면서 중얼거리는 듯한 작은 목소리 로 질문했다.

"있잖아, 글렌. 이건 꼭 【쇼크 볼트】로만 해야 해?"

"그런 건 아니다만…… 이 거리에서 다른 어설트 스펠은 표적까지 제대로 도달하지도 못할걸?"

글렌은 영문을 알 수 없는 질문을 한 리엘을 의아한 시선 으로 쳐다보며 대답했다.

"꼭 【쇼크 볼트】를 써야 한다기보다는 이 장거리를 효과적 으로 노릴 수 있는 학생용 주문은 【쇼크 볼트】 정도밖에 없 다는 게 이유겠지."

"즉, 주문 자체는 뭐든 상관없다는 거지?"

"뭐, 일단 그건 그렇다만……."

"알았어. 그럼 내 특기인 주문으로 할래."

"……뭐? 야, 말해두겠는데 군용 마술은 금지다?"

"괜찮아. 문제없어."

리엘은 그렇게 말하면서 2백 미트라 앞의 골렘을 다시 돌아보았다.

"힘내~. 아직 마지막 한 발이 남았어~."

"마지막까지 포기하지 마~."

리엘은 같은 반 학생들의 따뜻한 성원을 받으며 주문을 영창했다.

《만상(万象)에 간절히 바라노라·내 손에·십자가의 검을》

리엘이 허리를 구부려서 손을 댄 바닥에 번갯불이 튀었다.

그 순간―.

""""뭐, 뭐야 저게에에에에에?!""""

리엘의 양손 아래에 길고 거대한 크로스 클레이모어가 출현했고 그 발밑에는 십자가형 손잡이가 형성되었다.

연금술의 고속 연성으로 경기장 바닥의 흙에서 강철 대검을 단숨에 생성해낸 것이다.

"어, 야…… 리엘. 너, 대체, 무슨 짓을 하려고……?"

경련을 일으키는 얼굴로 글렌이 말을 건 보람도 없이 리엘은 대검을 머리 위에 크게 들어 올리더니―.

"이이이이이이이이이얍!"

건곤일척의 기합과 함께 바닥을 박차며 자신의 키보다 큰 대검을 온몸의 탄성을 이용해서 투척했다.

공기를 가르면서 날아간 대검은 폭풍처럼 회전하며 2백 미트라의 거리를 단숨에 좁혔고—.

콰앙!

엄청난 파괴음을 울리면서 골렘의 몸통을 꿰뚫었다.

바로 다음 순간, 산산조각이 난 골렘의 몸이 여기저기로 흩어졌다.

물론 골렘에 설치한 여섯 개의 표적 또한 흔적도 남기지 않고 모조리 파괴되었다.

"""".......""""

학생들은 모두 눈을 부릅뜨고 입을 벌린 채 굳어 버렸다.

"......응. 전부 파괴 완료."

리엘은 여전히 졸린 표정이었지만 어딘지 모르게 의기양양한 느낌의 목소리로 불쑥 중얼거렸다.

"야, 야 인마, 리엘……. 어설트 스펠을 쓰라고 했잖아……."

"응. 어설트 스펠. ……왜냐하면 저건 연금술로 연성한 검이니까."

"아니야……. 그 해석은 완전히 틀렸다고……."

글렌은 어이가 없어서 하늘을 올려다보는 수밖에 없었다.

예상대로 학생들은 모두 리엘에게 겁을 집어먹고 있었다.

모처럼 반 애들과 교류할 수 있도록 자리를 마련했는데 전부 망쳐버렸다.

이렇게 해서 리엘과 글렌이 담당하는 2반 학생들과의 대면식은 어색한 분위기로 막을 내렸다.

참으로 화려한 데뷔를 마친 리엘.

결국 2반 학생들의 리엘에 대한 첫인상은 완전히 『이상한 녀석』, 『무서운 녀석』, 『위험한 녀석』으로 정착되었다. 이건 편입생에게는 치명적일 정도의 실패라 할 수 있었다.

애초에 리엘은 극단적으로 감정 표현이 적어서 어떤 생각을 하는지 파악하기가 곤란한 타입의 인간이다. 늘 졸린 듯 가늘게 뜬 눈은 마치 화가 난 것처럼 보이기도 하고 불쾌한 것처럼 보이기도 해서 함부로 말을 걸기가 어려웠다. 당연히 그녀가 먼저 남에게 말을 거는 일도 전혀 없었다.

덤으로 그런 소름이 돋을 정도의 파괴 행위를 본 직후에는 더더욱 겁이 나서 솔직히 말을 걸기가 곤란했다.

……그런 고로—.

"……."

점심시간.

리엘은 당연한 듯 자기 자리에 홀로 멀뚱히 앉아 있었다.

아무것도 하지 않고 조금도 움직이지 않는 자세로 그저

멍하니 앉아 있을 뿐이었다.

"야…… 너, 리엘한테 말 좀 걸어봐……."

"그, 그치만…… 쟤, 왠지 무섭지 않아?"

"애초에…… 뭔가 이상하잖아, 그 힘은……. 정말로 인간 맞아……?"

다른 학생들도 일부러 리엘을 무시하는 건 아니었다.

단지, 그녀의 인형 같은 분위기와 언뜻 보인 압도적인 능력 앞에 위축되어서 말을 걸기가 곤란할 뿐이었다. 다들 어떻게 말을 걸어야 좋을지 갈피를 못 잡고 있었다.

"……저 바보 녀석."

반에서 완전히 붕 떠 있는 리엘을 본 글렌은 깊은 한숨을 내쉬었다.

확실히 어쩔 수 없는 일이기는 했다. 리엘의 출생은 약간 특수하다. 태어나면서부터 지금까지 늘 평범하지 않은 환경에서 살아온 것이다. 그녀의 커뮤니케이션 능력은 완전히 어린애 이하다. 그런 황당무계한 짓을 저지르면 남들이 슬슬 피할 거라는 당연한 이치조차 전혀 이해하지 못한 것이다.

그렇다고는 해도…… 이렇게나 활기찬 교실 안에서 혼자 가만히 앉아 있는 리엘의 모습은 뭐라 형언할 수 없는 애수가 느껴졌다. 평범하게 불쌍하다.

아마도 본인은 이 상황이 아무렇지도 않겠지만…… 저대로 내버려두는 건 아무래도 기분이 찝찝했다.

"······어쩔 수 없군."

여기서는 전우였던 자신이 도와주는 수밖에 없으리라.

어차피 학원 안에서 자신의 평판은 이미 최악이다. 이제 와서 묘한 소문이 한두 개쯤 늘어나도 문제 될 건 없다.

글렌이 리엘과 같이 점심을 먹으려고 나서려 한····· 순간이었다.

"오?"

글렌보다 먼저 리엘의 옆으로 다가온 소녀가 있었다.

"안녕, 리엘."

루미아였다. 그 뒤에는 시스티나도 서 있었다.

"······?"

루미아의 기척을 느낀 리엘이 그녀를 힐끔 흘겨보았다.

꼼짝도 하지 않고 눈알만 움직여서 올려다보는 그 시선은 마치 노려보는 것 같아서 사람에 따라서는 공포감을 느낄 수도 있을 것이다.

하지만 루미아는 그런 리엘의 시선을 가볍게 흘려 넘기고 밝게 웃으면서 말했다.

"지금 점심시간인데····· 리엘은 점심 어떻게 할 거야?"

"······점심?"

그 질문에 리엘은 루미아에게서 시선을 돌리고 잠시 동안 침묵에 잠겼다.

그리고 다시 눈알만 움직여서 루미아를 흘겨보며 말했다.

"필요 없어. 난 3일간 먹지 않아도 멀쩡하니까."

"어? 그, 그건 안 돼. 그러다간…… 몸 상해."

그런 리엘의 말투에 루미아는 쓴웃음을 지으면서 대답했다.

"제때마다 챙겨 먹어야지. 리엘의 임무에도 지장이 생길지 모르잖아?"

"……그 말은 일리 있어."

그러자 리엘은 눈알만 움직여서 루미아를 쳐다보는 것을 갑자기 그만두더니 살짝 고개를 돌리고 아까보다는 그나마 정상적인 태도를 취했다.

"하지만 뭘 먹어야 할지 모르겠어. 이번 임무에는 식량이 지급되지 않았으니까. 지금까지 지급받은 건 여기까지 오는 도중에 다 먹었고."

'……저 녀석, 아주 중증이구만.'

멀리서 상황을 지켜보고 있던 글렌은 기가 막혔다.

이 경우에 지급받은 식량이라는 건 틀림없이 군용 휴대 야전식량 — 콩과 보리와 고구마 등의 곡물을 반죽해서 구워낸 블록 형태의 음식 — 을 말한다.

하지만 일상에 녹아들어서 대상을 호위해야 하는 임무에 군용 야전식량을 배급하는 멍청한 조직이 대체 어디에 있겠는가. 아니, 애초에 식량도 없이 대체 어쩔 셈이었던 것일까.

그러고 보니 자신이 마도사였을 무렵, 리엘의 식사 풍경은 늘 그 더럽게 맛없는 야전 식량만 먹고 있는 게 인상적이었는데…… 설마 지금까지 줄곧 그것만 먹어왔던 것일까?

"아, 그런 거라면…… 우리도 지금부터 학생식당에 가려던 참인데 리엘도 같이 가지 않을래?"

"……학생식당? ……그게 뭐야?"

"음~ 같이 밥을 먹는 곳이라고 해야 하나? 어때?"

"……"

리엘은 입을 다물었다.

자세히 관찰해 보니 기분 탓일지도 모르겠지만 평소보다 눈꺼풀을 깜빡이는 횟수가 많아 보였다. 아무래도 당황한 모양이다. 자신과 비슷한 또래의 여자와 같이 식사를 해본 경험이 없었던 것이리라.

"저기, 리엘. 딱히…… 무리해서 올 필요는 없어."

침묵을 견디지 못한 시스티나가 자기도 모르게 참견했다.

"그저, 너하고는 꽤 오랫동안 같이 지내야 할지도 모르니까 친목을 다지는 것도 나쁘지는 않잖아? 게다가 식사는 여럿이서 먹는 편이 더 즐겁기도 하니까."

"……즐거워? ……난 잘 모르겠는데……"

리엘은 시스티나의 말을 되새기면서 글렌을 힐끔 흘겨보았다.

그러자 글렌은 얼른 가라고 턱짓을 했다.

그 모습을 확인한 리엘은 고개를 끄덕인 후, 자리에서 일어났다.

"응, 알았어. 갈게."

"후후, 다행이네. 그럼 어서 가자."

그리고 루미아와 시스티나는 리엘을 데리고 이동했다.

웅성웅성.

교실에 남은 학생들은 그녀들의 모습을 멀리서 눈으로 관찰하며 술렁거렸다.

"요, 용기 있네. 루미아……."

"괜찮은 걸까? 저 애랑 같이 가도……."

루미아와 시스티나는 그런 학우들의 속삭이는 목소리를 전혀 개의치 않고 리엘과 함께 교실 밖으로 이어지는 문을 향해 걸어갔다.

그리고 글렌의 앞을 지나쳐 갔다.

"……리엘을 잘 부탁한다."

글렌은 루미아가 스쳐 지나갈 때 그렇게 중얼거렸다.

"예."

그러자 루미아는 방긋 웃으면서 대답했다.

"……나 원 참."

세 사람이 학생 식당 쪽으로 가는 것을 눈으로 배웅한 글렌은 머리를 긁으며 한숨을 내쉬었다.

어째 앞날이 훤하다. 호위라면 가장 먼저 적당한 이유를 만들어서 루미아와 접촉을 시도해야 할 텐데 멀뚱히 앉아서 호위 대상이 접촉하는 것을 기다리다니, 완전히 삼류나 다름없는 짓이다. 이제 와서 새삼스럽지만 역시 리엘을 보낸 건 정신 나간 짓이라는 생각밖에 안 들었다.

그러나—.

"……잘 생각해보니 어쩌면 좋은 기회일지도 모르겠네."

쓸쓸하게도 그런 생각이 들고 말았다.

리엘은 까놓고 말해 정상적인 성장 과정을 거치지 못했다. 지금도 저 어린 나이에 제국 궁정 마도사단에서 활동하고 있을 정도다. 물론 그녀를 받아들일 수밖에 없었던 복잡한 사정이 있었지만…… 그것이 결과적으로 리엘이라는 한 인격이 성장하는 데 방해가 된 것 또한 사실이었다. 아직 치명적인 파탄이 일어난 적은 없지만 그녀가 어딘가 망가져 있는 인간이라는 건 부정할 수 없는 사실이다.

하지만—.

리엘이 이번 임무를 통해 많은 사람과 접하는 것으로 뭔가 얻는 게 있지 않을까. 인간적으로, 정신적으로 성장하는 계기가 되지는 않을까.

저 루미아와 시스티나와 함께 지내다 보면 혹시…… 하는 기대감이 들기도 했다.

옳거니. 확실히 그런 측면에서 보면 이번 임무야말로 리엘이 가장 적임일지도 모르겠다. 뭐, 실제로 리엘을 보내겠다고 판단을 내린 녀석이 미쳤다는 건 변함없는 사실이지만. 뭐랄까 눈앞에 서 있으면 백 대 정도 보디블로를 먹여주고 싶다.

"그러고 보니 이제 곧 『원정 수학』인가……."

리엘에게 자신과 비슷한 또래의 사람들과 함께 어딘가로 놀러 가는 건 처음 겪어보는 경험일 것이다. 이번 여행에서 그녀가 뭔가 얻는 게 있었으면…… 글렌으로서는 그런 어렴풋한 기대를 품지 않을 수 없었다.

"자, 그럼 나도 밥이나 먹으러 가볼까."

세 사람을 배웅한 글렌은 교실을 나와 학생식당 쪽으로 걸어갔다.

매점에서 뭔가 사서 가볍게 먹는 방법도 있지만 오늘은 왠지 모르게 학생식당에 가고 싶은 기분이었다.

'……딱히 그 녀석들이 걱정돼서 그러는 건 아니라고?'

마음속으로는 누구에게 하는 건지 모를 변명 같은 말을 떠올리면서 글렌은 빠른 걸음으로 조용히 식당으로 이동했다.

"여기가 알자노 제국 마술학원의 학생식당이야."

리엘은 루미아와 시스티나의 안내를 받아 학원 식당에 도착했다.

"어때? 크지? 깜짝 놀랐어?"

리엘은 방긋방긋 웃으면서 소개하는 루미아를 힐끗 쳐다본 후 눈을 깜빡거렸다.

광대한 식당 안에는 흰 식탁보로 덮인 긴 테이블이 언제

나처럼 몇 개나 가지런히 늘어서 있었다. 장식된 촛대가 왠지 모를 고급스러움을 자아냈다.

그리고 수많은 학생이 안쪽의 주방 계산대에서 주문한 요리를 가져와 제각기 자리에 앉아 담소를 나누며 식사를 시작했다.

오늘도 변함없이 마술학원의 학생식당은 점심때 특유의 활기로 가득했다.

"사람이 잔뜩 있어……. 그리고 왠지, 좋은 냄새……."

"이 식당의 요리는 싸고 맛있어서 학원 학생들한테는 꽤 인기가 많아."

시스티나도 은발을 쓸어 올리며 해설에 들어갔다.

"상류 계급 출신…… 예를 들면 자산가나 귀족 자녀 중에는 이 식당이 아니라 학원 밖에 있는 고급 요리점에서 점심을 먹는 사람도 있어. 반대로 하층 계급 출신의 고학생 중에서는 도시락을 직접 싸와서 여기를 잘 이용하지 않는 사람도 있고. 그래도 학원의 학생 대부분은 여기서 식사를 해."

참고로 시스티나도 마술사의 명가 출신으로 상류 계급에 속했다. 학원 밖에서 늘 고급 요리를 먹어도 충분할 정도의 금전적인 여유는 있다. 하지만 어릴 때부터 어머니가 손수 차려주는 요리에 익숙해진 그녀는 서민적이고 소박한 맛을 좋아하는, 명가 출신의 자녀치고 드문 타입의 인간이다 보니 이 식당을 자주 이용하곤 했다.

그 점은 일단 젖혀두고 사실 시스티나의 설명은 리엘의 귀에 거의 들어오지 않았다.

리엘이 아는 식사 풍경이라는 건 살벌한 전장에서 그저 에너지 보급을 하기 위한 작업일 뿐. 이를테면 육체 정비 작업의 일환인 셈이다.

이런 식으로 맛있는 냄새가 풍기는 한가운데에서 모두 다 같이 화기애애하게 식사를 하는 건 난생처음 보는 광경이었다.

"자, 어서 가자, 리엘. 점심 주문해야지."

리엘이 자신이 모르는 낯선 광경에 압도되어서 정신을 놓고 있자 루미아가 그녀의 손을 잡아당기며 인파를 헤치고 계산대로 이동했다.

계산대 너머의 주방에서는 수많은 조리사가 마치 전쟁이라도 하는 것처럼 바쁘게 요리를 하는 모습이 보였다.

"응. 오늘도 맛있어 보이는 게 많네⋯⋯. 뭘 먹을까?"

루미아는 계산대 옆에 있는 입식 칠판에 적힌 오늘의 메뉴를 눈으로 훑으면서 기쁜 목소리로 말했다.

"난 늘 먹는 걸로."

시스티나는 칠판을 보지도 않고 무뚝뚝하게 말했다.

"또 스콘 두 개? 시스티는 요즘 그것만 찾네⋯⋯. 골고루 먹지 않으면 건강에 나빠."

"시, 시끄럽네 진짜⋯⋯. 난 그걸로 충분하다구!"

"시스티는 딱히 뚱뚱한 것도 아닌데⋯⋯ 오히려 마른

편……."

"아, 아, 아니야! 살찌는 게 문제가 아니라! 나, 나는 그저 많이 먹으면 오후 수업 때 잠이 오는 게 싫으니까……!"

쓴웃음을 짓는 루미아에게 시스티나는 변명하는 것처럼 큰 소리로 대답했다.

"그런데 리엘은 뭘 먹고 싶어?"

이번에는 리엘에게 화제를 돌렸다.

하지만 대답은 돌아오지 않았다.

"……."

보아하니 리엘은 근처의 식탁에서 식사 중인 어떤 여학생을 지그시 쳐다보고 있었다.

더 정확히 말하자면 그 여학생이 현재진행형으로 먹고 있는 음식을 응시하고 있었다.

그 여학생이 손에 든 건 딸기 타르트였다. 옆자리의 친구와 담소를 나누면서 무척 행복한 얼굴로 그 타르트를 먹고 있었다.

"……."

아마도 그 딸기 타르트의 예쁘고 화려한 겉모습이 리엘의 눈길을 잡아끈 것이리라.

딸기 타르트를 멀리서 바라보는 그녀의 얼굴은 평소처럼 졸린 표정이었지만 이 순간만큼은 흥미진진한 듯 눈을 반짝이는 것처럼 보였다.

"리엘······ 저 딸기 타르트가 먹고 싶니?"

루미아가 그런 리엘을 배려해서 질문했다.

그러자 그녀는 조금 전처럼 눈알만 움직여서 루미아를 힐 끗 쳐다보았다.

"저거······ 나도 먹을 수 있어?"

"응. 주문하면 먹을 수 있어. 주문해볼까?"

루미아의 말에 리엘은 잠시 생각에 잠긴 듯 입을 다물었 지만 이윽고 고개를 끄덕여서 그 말에 긍정했다.

잠시 후—.

"어때? 맛있어?"

"············."

식당의 한 테이블에서 리엘은 정신없이 딸기 타르트를 먹 고 있었다.

루미아의 질문에도 대답하지 않고 양손으로 소중히 타르 트를 든 채 그저 묵묵히 먹기만 했다. 입을 크게 벌려서 우 적우적 먹는 게 아니라 마치 작은 동물이 나무 열매를 갉아 먹듯 오물오물 턱을 움직이면서······.

"아무래도 맘에 든 모양이네······."

그런 리엘의 모습에 시스티나는 어깨를 으쓱거리며 작게 썰어놓은 스콘을 포크로 우아하게 먹었다.

그리고 다시 한 번 리엘의 모습을 힐끔 쳐다보았다.

사실 리엘이 먹은 타르트는 벌써 여섯 개째다.

처음에는 조심스러웠지만 막상 입에 들어가자 뭔가에 씐 것처럼 타르트를 먹기 시작해 눈 깜짝할 사이에 다 먹어치웠다. 그 후에도 계속 추가 주문을 해서 현재에 이른 것이다.

"……부, 부러워라."

시스티나는 자신의 접시 위에 있는 스콘과 리엘의 타르트를 견주어 보더니 조용히 혼잣말을 중얼거렸다.

"어라? 왜 그래? 시스티."

"으으…… 먹으면 먹은 만큼 살이 찌기는커녕 효과적으로 『성장』하는 넌 평생 모를 고민일 거야……."

루미아의 가슴과 루미아 앞의 식사를 시스티나는 원망스러운 눈길로 견주어 보았다.

그녀가 고른 오늘의 메뉴는 작은 빵 하나와 로스트비프와 치즈 샐러드와 옥수수 수프였다.

원체 신진대사 효율이 높은 체질인 것이리라. 루미아는 늘 든든히 먹는 데도 전혀 살이 찌지 않는 체질이었다. 그뿐만 아니라 부러운 부분만 눈에 두드러지게 성장하는 중이다.

자신은 아마 똑같은 식단을 먹어도 불가능할 성장.

간절히 원하는 부위에는 가지 않고 배나 팔뚝 같은 쓸데없는 부위에 집중해서 살이 붙지나 않을까.

신은 정말로 불공평했다.

"하아……."

한숨을 섞어가며 리엘에게 시선을 돌린다.

자신도 한 번쯤은 그녀처럼 살찌는 것을 신경 쓰지 않고 단 것을 실컷 먹어보고 싶었다. 루미아처럼 배가 가득 찰 정도로 먹어보고 싶었다.

대식가인 두 사람을 앞에 둔 이 광경은 시스티나에게 정신적인 타격을 주었다.

"그건 그렇고……."

시스티나는 턱을 손으로 괴면서 다시 리엘을 쳐다보았다.

그녀는 여전히 정신없이 타르트를 오물거리고 있었다.

'……천진난만한 애네.'

문득 그런 생각이 들었다.

솔직히 말하면 자신은 리엘이 무서웠다.

느닷없이 글렌을 검으로 베려고 든 데다가 조금 전에 실기 수업에서 벌인 사건도 그 인식에 적지 않은 영향을 주었다. 약간 마술에 재능이 있는 정도로는 도저히 대항할 방법이 없는 천재지변 같은 능력. 그 광경을 함께 봤으면서도 어째서 루미아는 아무렇지 않게 대할 수 있는 건지 신기해서 견딜 수가 없었다.

하지만 이런 식으로 타르트를 먹는 천진난만한 모습을 보고 있자니…… 내심 공포를 느끼고 경계했던 자신이 바보 같아졌다.

"……먹고 싶어?"

그러자 시스티나의 시선을 눈치챈 리엘이 고개를 들었다.

"……아, 딱히 그런 게 아니라……."

"먹고 싶으면 나눠 줄게."

리엘은 그렇게 말하면서 자신이 먹고 있던 타르트를 나누려 했다.

"……."

하지만 곧 손을 멈추고 굳어 버렸다. 타르트를 지그시 쳐다보는 그 졸려 보이는 눈은 어쩐지 난처한 듯 흔들렸고 눈썹도 살짝 처진 것처럼 보였다.

그 알기 쉬운 반응에 시스티나는 쓴웃음을 지으며 말했다.

"아~ 리엘, 무리하지 않아도 돼. 전부 먹고 싶은 거지?"

"……괜찮아?"

"괜찮아. 정말로 먹고 싶으면 직접 사 먹으면 되니까."

그 말을 듣고 안심했는지 리엘은 다시 타르트를 오물거리기 시작했다.

'분명 나쁜 애가 아닌 건 맞아……. 터무니없이 이상한 애인 것뿐이지.'

약간……이라기보다 상당히 무뚝뚝한 부류에 들어가겠지만 리엘은 남을 불쾌하게 하는 언동은 전혀 입에 담지 않았다. 오히려 지켜보고 있으면 왠지 모르게 흐뭇한 기분이 들 정도였다.

"얘도 참…… 뺨에 크림이 묻었잖니……. 깨끗하게 먹어야지……"

시스티나는 한숨을 내쉬면서 손수건을 꺼내 리엘의 뺨으로 내밀었다. 루미아는 즐거운 얼굴로 그런 두 사람의 모습을 지켜보았다.

"자, 가만히 있어. ……응, 깨끗해졌네."

"응…… 고마워."

만약 자신에게 동생이 있다면 이런 느낌일까?

시스티나가 그런 생각을 하기 시작한 순간이었다.

"오늘은 식당에 빈자리가 적네요……. 어떻게 할까요?"

"아…… 웬디. ……저기 비어 있어."

"어머, 정말이네요."

귀에 익은 목소리가 가까이 다가왔다.

시스티나는 그쪽으로 시선을 돌렸다.

"어머? 시스티나?"

"웬디. ……린도 같이 왔네."

그곳에는 요리가 담긴 쟁반을 든 웬디와 린이 서 있었다.

"별일이네, 웬디. 네가 학생식당에 다 오다니."

시스티나는 예상치도 못한 인물의 등장에 가볍게 눈을 깜빡거렸다.

"넌 점심은 항상 학원 밖의 고급 요리점에서 먹는 학생의 표본이잖아? 그런데 린도 함께라니…… 오늘은 대체 무슨 바람이 분 거야?"

"흐흥. 가끔 서민의 식생활을 시찰하는 것도 귀족의 의무니까요."

"나는 그게…… 우연히 식당 입구에서 웬디를 만나서……."

웬디는 쓸데없이 의기양양하게 가슴을 폈고 린은 조심스럽게 설명했다.

그러자 루미아가 좋은 아이디어가 떠올랐다는 듯 활짝 웃으며 손뼉을 쳤다.

"맞아, 얘들아. 괜찮으면 우리랑 같이 먹지 않을래? 자, 여기 있는 리엘이랑 친목을 다질 겸."

"예?!"

"분명 다 같이 먹으면 더 즐겁고 맛있을 거야."

"그, 그건……."

"……으……."

하지만 그런 루미아의 제안에 웬디와 린은 갑자기 말을 어물거리면서 복잡한 표정으로 루미아 옆자리에 있는 리엘을 힐끔 훔쳐보았다.

아마 이 순간 웬디와 린의 머릿속에 떠오른 것은 조금 전의 마술 실기 수업에서 리엘이 보여준 초인적인 능력과 그 능력이 일으킨 파괴 행위이리라.

실제로 리엘의 모습을 확인한 웬디는 평소의 귀족다운 새치름한 표정을 무너트리며 식은땀을 흘리고 있었고 기가 약한 린은 웬디의 등 뒤에 살짝 숨어있기까지 했다.

결국 두 사람은 『긍정』도 『부정』도 못 한 채 입을 다물 수밖에 없었다.

"……그럼, 안 될까?"

루미아가 아주 약간 슬픈 미소를 지은 순간이었다.

"여! 귀여운 아가씨들! 그런 거라면 나도 껴주라!"

어색한 분위기를 날려 버리며 이상할 정도로 밝은 목소리가 등 뒤에서 들려왔다.

"아무튼 이 학원에서도 평판이 자자한 우리 반의 미소녀들이 한자리에 모여 있으니까 말이지! 이 흐름을 거스를 수야 없지!"

"아하하, 카슈도 참. 그건 그렇고 나도 동석해도 괜찮을까? 개인적으로 리엘이랑 하고 싶은 이야기가 많거든."

덩치가 큰 소년 카슈와 여자처럼 예쁘장한 얼굴에 체격이 작은 소년 세실이었다.

"어라, 별일이네. 세실은 그렇다 쳐도 카슈가 식당에 다 오다니."

예상치 못한 반 친구들의 등장에 시스티나는 어리둥절한 표정을 지었다.

"어제 대필 알바비가 들어왔거든! 그러니 오늘은 좀 호화롭게 먹어볼까 해서."

카슈와 세실도 요리가 담긴 쟁반을 들고 있었다. 두 사람은 어안이 벙벙한 웬디와 린을 힐끗 쳐다보더니 카슈는 루미아의 옆자리— 리엘의 정면에 앉았고 세실은 카슈의 옆자리에 앉았다.

"여! 리엘!"

기세등등한 카슈의 목소리에 놀랐는지 리엘도 타르트에서 시선을 떼고 눈을 깜빡거리며 그를 쳐다보았다.

"아까 수업에서 검을 후다닥 만들어내서 붕 하고 날린 그거…… 굉장하잖아! 대체 어떻게 한 거야?"

"굉장해? 내가?"

"응. 난 그런 마술은 태어나서 처음 봤다고."

"검을 날린 건 신체능력 강화 마술을 이용한 단순한 체술이었던 것 같던데…… 검을 만든 건 연금술이지? 그 정도로 빠르게 연성하다니, 대단하잖아. 어디서 배운 거야?"

카슈와 세실은 잇따라 리엘에게 말을 걸었다.

"저기 말야, 다음에 나한테도 비결 좀 가르쳐주라! 그렇게 빨리 연성할 수 있으면 나중에 도움이 될 거 같으니까!"

"난 어떤 연성식을 쓴 건지가 더 궁금해."

"……"

리엘은 잠시 말없이 생각에 잠겼다.

"……응. 시간이 빌 때 가르쳐줄게."

"오오! 좋았어! 땡큐!"

그리고 카슈는 멀거니 서 있는 웬디와 린에게 시선을 돌

렸다.

"야, 웬디. 린. 너희들도 어때? 배워두면 분명 마술사의 위계 승격에 도움이 될걸?"

들떠 있는 카슈와 세실의 모습에 웬디와 린은 서로 얼굴을 마주 보았다.

두 사람은 독기가 빠진 얼굴로 고개를 끄덕였다. 그리고—.

"확실히 그 고속 연성은 훌륭한 솜씨였어요, 리엘. ……그런데 당신, 그 【쇼크 볼트】는 대체 뭐죠?"

"아, 아하하…… 그건 나도 완전히 엉망이었는데……."

웬디와 린은 리엘 근처에 앉았다.

"난 흑마술은 거의 못 배웠으니까."

"나 참…… 【쇼크 볼트】 같은 건 흑마술 계열 어설트 스펠 중에서는 기초 중의 기초잖아요. 더 제대로 연습해두지 않으면 다음 위계로는 승급하기 어려울 걸요?"

"으으…… 귀가 따가워……."

"만약 당신만 괜찮다면 제가 못 가르쳐드릴 것도 없어요. 리엘."

"……."

웬디의 제안에 리엘은 힐끔 루미아의 안색을 살폈다.

그러자 루미아는 방긋 웃으면서 말했다.

"잘됐네, 리엘. 내 생각엔 괜찮을 것 같아."

"……알았어. 그럼 가르쳐줘."

리엘은 결코 타인에게 적극적으로 말을 거는 타입은 아니었지만 말을 걸어오면 성실하게 대답하는 타입이었다. 무뚝뚝하게 보여도 대화 자체는 문제없이 성립되었다.

"고마워, 카슈 군."

리엘을 중심으로 이야기가 고조되어가는 가운데, 루미아는 옆자리에 앉은 카슈에게 살짝 감사의 말을 전했다.

"뭐, 이상한 녀석이라고는 해도 새로운 동료가 따돌림을 당하는 걸 가만히 지켜보는 건 찝찝하니까. ……별건 아니야."

카슈는 뭔가 사연이 있는 듯한 얼굴로 웃었다.

"그 대신 다음에 나랑 데이트를……"

"아, 그건 안 돼. 미안, 카슈 군."

루미아가 천사 같은 얼굴로 너무나도 잔혹하게 즉답하자 카슈는 고개를 푹 떨구며 테이블에 이마를 찧었다.

"아하하, 차였구나. 카슈. ……유감이겠네."

"시, 시끄러~. 그냥 좀 냅두라고……."

어중간하게 웃는 세실의 위로에 카슈는 토라진 듯 대답했다.

"그건 그렇고 리엘의 존재를 받아주는 사람이 또 있어서 다행이야."

"으, 음…… 사실 나도 처음에는 좀 쫄았는데 말이지……."

카슈는 떨떠름하게 말했다.

"하지만 이 식당에서 너희들의 모습을 보니…… 확실히 이상한 녀석이기는 해도 나쁜 녀석이라는 생각은 안 들더라고. ……저기 좀 봐."

두 사람은 갑자기 시작된 웬디와 시스티나의 설전을 묵묵히 타르트를 오물거리면서 흘려듣는 리엘에게로 시선을 돌렸다.

"……귀엽네."

"응, 귀엽지."

쿡쿡 웃는 루미아의 말에 카슈도 동의했다.

"저런 애를 무서워하다니 내가 좀 어떻게 됐나 싶더라고. ……게다가 너랑 시스티나가 받아들였으니 분명 나쁜 녀석도 아닐 테고. 지금은 우리 반 애들도 잠깐 겁을 먹은 것뿐이지 조만간 문제없이 받아들여 줄 거야."

"카슈 군……."

"이제 곧 기다리고 기다리던 『원정 수학』도 시작되잖아? 새로운 동료도 늘어났으니…… 왠지 더 즐거워질 것 같지 않아?"

"응, 맞아. 그랬으면 좋겠네."

두 사람은 그런 대화를 나누며 웃었다.

"뭐랄까…… 내가 나설 필요도 없었군."

같은 식당 안에서 그녀들의 모습을 멀찍이서 지켜보던 글렌이 안도의 한숨을 내쉬었다.

주위에 돌아다니는 학생들이 그 수상쩍은 모습에 따가운 시선을 던졌지만 본인은 전혀 개의치 않았다.

"뭐랄까…… 내 학생들도 꽤 착한 녀석들이었네……. 흑흑…… 이 선생님은 너희 같은 학생들을 가르칠 수 있어서 정말 행복하구나……!"

글렌은 감격한 듯 눈가를 손으로 눌렀다.

"자, 그럼 이제 살짝 안심했으니 글렌 선생님은 쿨하게 사라져주마……."

거기까지 말하고 중대한 사실을 깨달았다.

"아, 그러고 보니 나 아직도 점심을 못 먹었잖아?! 지켜보는 데 정신이 팔려서 완전히 깜빡했어! 크, 큰일이다! 점심시간이 끝나려면 지금 시간이—."

그 순간. 글렌의 배가 성대하게 꼬르륵거리는 것과 동시에 점심시간이 끝났음을 알리는 예비종이 냉혹하게 울려 퍼졌다.

"으, 으아니이이이이이이이이이이이?!"

글렌의 애달픈 비명은 그 종소리와 앙상블을 이루었다…….

……

—꿈을— 꾼다.

그것은 어린 날의 단편. 내가 아직 하늘의 지혜 연구회에 있었을 무렵.

"훌쩍…… 히끅…… 흑흑……."

"왜 그래? □□□□. 무슨 일 있었어?"

무릎을 안고 흐느껴 우는 나에게 오빠가 말을 걸어왔다.

"나, 나…… 죽여…… 버렸어……. 리타를…… 조직의…… 명령으로……!"

"뭐라고?!"

"제길! 그게 무슨!"

오빠 옆에 있던, 오빠의 친우인 □□□이 화를 내며 벽을 두들겼다.

"어차피 조직이 □□□□에게 시키는 그 웃기지도 않는 단련이겠지! 연금술의 고속 무기 연성과 조직 비전의 암살검…… 제기랄! 동료 간의 살인까지 강요하는 건가……! 조직에게 우리는 어디까지나 쓰고 버리는 패다 이거겠지……! 빌어처먹을!"

"진정해, □□□."

"□□?! 하지만 이건……!"

"기댈 곳 없는 고아인 우리는 조직의 보호 없이 살아갈 수 없어……. 그 또한 부정할 수 없는 사실이야."

오빠는 슬픈 표정으로 친우인 □□□에게 고개를 저은 후, 나를 똑바로 바라보았다.

"괴로웠겠구나, □□□□. 그래도 리타에게는 미안하지만…… 난 유일한 육친인 네가 살아남아 줘서 다행이라고 생각해……. 그러니까……."

"오, 오빠…… 나, 무서워……."

그 무렵의 나는 가슴 속에 소용돌이치는 불안을 오빠에게 털어놓지 않으면 제정신을 유지할 수 없었다.

"마음이…… 조금씩, 죽어가는 것 같아……. 매일, 마치 나 자신이 인형 같은 다른 무언가로 변해가는 것만 같고…… 요즘은 그런 감각조차…… 점점 흐려져서……."

"괜찮아…… 괜찮을 거야……."

하지만 오빠는 그런 나를 늘 격려하고 지탱해주었다.

"우리는 언젠가 반드시 이 조직을 빠져나갈 거야. 내가 그렇게 해줄게. 그리고 자유롭게 살아가는 거야. 그때까지…… 그날까지…… 부탁이야, □□□□. 힘내주렴…… 제발……."

"오빠…… □□ 오빠……."

그렇다. 그 시절의 내가 살아남은 건 오빠 덕분이었다.

오빠가 있어줬기에…… 포기하지 않고 살아갈 수 있었다.

"□□□□. 넌…… 이 조직을 빠져나간다면 뭘 하고 싶니?"

하지만 새하얬다. 너무나도 오랜 시간이 지난 기억이라 그런지 배경이 하얗고, 목소리도 군데군데 새하얀 공백처럼 느껴졌다.

오빠의 얼굴에도 하얀 안개 같은 게 껴서 잘 보이지 않았다.

그것은 이미 어렴풋하고 모호해서 선명히 떠올릴 수 없는 과거의 잔재―

—새하얀 기억.

…….

"야, 인마. 리엘. 부임 첫날부터 낮잠이나 잔 내가 할 말은 아니겠지만…… 조금은 학생답게 행동하면 어디 덧나냐?"

"……?"

꿈속에서 과거를 헤매고 있던 의식이 현재로 돌아왔다.

나는 눈을 뜨고 천천히 고개를 들었다.

아무래도 난 책상에 머리를 대고 잠들었던 모양이다. 눈을 비비면서 주위를 둘러본다.

이곳은 여느 때와 다름없는 알자노 제국 마술학원의 교실이었다.

어느새 수업이 끝난 모양이다. 쉬는 시간의 교실에는 풀어진 분위기가 만연했고 잡담으로 꽃을 피운 학생들, 교실을 나갔다 들어오는 학생들로 북적거렸다.

옆에서는 어이가 없다는 얼굴로 한숨을 내쉬는 글렌이 나를 내려다보고 있었다.

나는 그런 글렌의 얼굴을 지그시 올려다보았다.

"……왜? 내 얼굴에 뭐라도 묻었어?"

……그리운 꿈을 꿨기 때문일까.

역시 글렌은 하얀 안개 너머의 오빠와 닮은 듯한 기분이 들었다.

"······나 원 참."

졸린 듯 손등으로 눈을 비비는 리엘의 모습에 글렌은 깊은 한숨을 내쉬었다.

리엘이 마술학원에 온 지 벌써 일주일이 지났다.

그녀는 첫날부터 성대하게 일을 저지른 탓에 같은 반 학생들에게 경원시 되는 분위기를 조성하고 말았다. 글렌도 당시에는 앞으로 대체 무슨 짓을 저지를지 몰라서 무척 불안했다.

아무튼 리엘의 목숨을 아끼지 않는 성격은 수많은 무용담과 함께 제국 궁정 마도사단 안에서는 좋은 의미로도 나쁜 의미로도 유명했다. 오히려 사례가 너무 많아서 일일이 열거할 수가 없을 정도였다. 예를 들면······.

하나, 적이 자신보다 많으면 기합으로 전부 베어 버린다.

둘, 적이 검으로 벨 수 없을 정도로 단단한 방어력을 지니고 있으면 기합으로 어떻게든 베어 버린다.

셋, 적이 자신보다 빠르면 기합으로 자신이 적보다 빨리 움직여서 베어 버린다.

넷, 적이 함정을 펼치면 기합으로 함정과 함께 적을 베어 버린다.

······기타 등등.

이상이 신뢰와 전통이 담긴 리엘 전법의 예시다.

게다가 더 질이 안 좋은 건 그런 영문을 알 수 없는 방식을 실제로 이뤄내는 압도적인 능력과 재능으로 수많은 전과를 기록에 남겼다.

리엘에게 패배한 외도(外道) 마술사들은 왜 자신이 진 건지 몰라 지금도 지옥에서 고민하고 있으리라. 패배한 원인 = 리엘이 상대였으니까, 라고밖에 할 말이 없었다.

여하튼 다양한 의미에서 평범하지 않은 게 바로 리엘이었다. 덤으로 일반 사회의 상식도 극단적으로 부족하다. 무슨 사고를 저질러도 전혀 이상하지 않았다.

하지만 결과적으로 그 불안은 대부분 기우로 그쳤다.

"리엘. 이제 점심시간이야. 오늘도 우리랑 같이 학생식당에 가자."

"……루미아? 시스티나? ……응. 알았어. 갈래."

"그런데 리엘. 너, 설마 오늘도 또 딸기 타르트를 먹을 거야? 안 질려? 내가 말하기도 좀 그렇지만, 영양 밸런스가 엉망이잖아. 첫날부터 매일 그것만 먹었으니."

"괜찮아, 시스티나. 문제없어. ……딸기 타르트는…… 맛있으니까."

"하아…… 이유가 엉터리잖아. 대체 뭐니? 그 편식은."

"아하하, 첫날부터 완전히 딸기 타르트에 마음을 사로잡힌 거지?"

"……"

오늘도 평소와 다름없이 학생식당으로 가는 세 사람의 모습을 글렌은 눈으로 배웅했다.

리엘이 딱히 문제를 일으키지 않는 건…… 분명 루미아와 시스티나 덕분이리라.

저 두 사람이 학원 안팎으로 붙어 다니며(호위로서는 완전히 실격이겠지만) 세상 물정 모르는 그녀를 다방면에서 도와줬기 때문이다.

"얘, 리엘. 오늘은 다른 음식에 도전해보지 않을래? 분명 딸기 타르트 말고도 맛있는 게 잔뜩 있을 거야."

"그치만…… 난 딸기 타르트가 먹고 싶어……."

루미아에게 리엘은 (일단은) 자신을 호위해주는 은인이기도 했지만, 타고난 성격상 익숙하지 않은 학원생활에 당혹스러워하는 리엘을 가만히 내버려둘 수는 없었을 것이다.

"정말 어쩔 수 없는 애네…… 잘 들어. 리엘. 젊을 때 그렇게 편식만 하는 건 못써. 더 건강에 좋고 영양 밸런스가 잡힌 식사를 하는 습관을 들이지 않으면 몸을 망친다구."

"음~ 그건 시스티나가 할 말이 아닌 거 같은데……."

"나, 난 괜찮아!"

시스티나는 처음은 리엘에게 아무런 호감도 없었던 모양이지만 루미아와 같이 그녀를 돌봐주는 사이에 차츰 손이 많이 가는 동생처럼 여기게 되었다.

어느새 셋이 함께 있는 게 당연한 일처럼 된 것이다.

"오. 너희들 오늘도 같이 있는 거냐. 하하! 진짜 사이좋네!"

"정말 그렇다니까요. 그건 그렇고 시스티나, 다음 수업을 약초 농원에서 하는 건 알고 있겠죠? 요전처럼 셋이서 수다 떠느라 정신 팔려서 지각하지는 마세요."

그리고 카슈와 웬디 같은 반의 중심에 있는 학생들이 일찍 리엘의 존재를 받아들인 점도 영향이 컸다. 그 뒤를 따라 다른 학생들도 서서히 그녀를 받아들여 주고 있었다.

원래 이 반은 글렌이라는 이단아를 받아들일 정도로 대범한 학생들이 모여 있는 반이다. 가끔 글렌 관련으로 엉뚱한 발언을 해서 주위를 놀라게 하기는 했지만 이러니저러니 해도 리엘은 같은 반의 학생으로서 자연스럽게 녹아들고 있었다.

'그, 그 리엘이…… 그럭저럭 정상적인 학창 생활을 보내고 있다니…….'

그 광경은 글렌에게 큰 놀라움과 함께 깊은 감회를 자아내게 했다.

하지만 물론 만사가 순조로웠던 건 아니다.

리엘이라는 터무니없는 이단자가 일반 사회에 끼어들어서 생기는 폐해도 분명히 존재했다.

"그래서…… 이렇게 되고…… 여기의 원소 배열식을 마르키오스 연산으로 전개해서…… 이렇게. ……그리고 이렇게 해서 산출한 화소(火素), 수소(水素), 토소(土素), 기소(氣素), 영소(靈素)의 근원소(根源素) 속성치의 각 환원된 수치를…… 이쪽으로…… 이런 느낌으로 오리진을 재배열해서…… 물질을 재구축……."

방과 후…….

몇 명의 학생이 리엘의 자리에 모여 있고 다른 학생들이 그 모습을 주목하는 가운데, 졸린 눈의 리엘이 깃털 펜으로 종이 위에 뭔가를 적고 있었다. 그 종이들 위에는 복잡하기 짝이 없는 원소 배열 변환의 연성식과 그걸 제어하는 마술식이 몇 장에 걸쳐서 빼곡하게 기재되어 있었다.

리엘의 연금술— 고속 무기 연성의 마술식이었다.

오늘의 마지막 수업이었던 연금술 수업이 끝난 후, 교실에 남은 학생들끼리 잡담을 나누다가 리엘이 첫날에 보여준 이 마술이 화제에 오르게 된 것이다. 그래서 자연스러운 흐름으로 그녀의 마술식 해설을 듣게 되었다.

"……이해했어?"

담담히 설명을 마친 리엘은 펜을 멈추고 역시 담담하게 중얼거렸다.

"응. 전혀 모르겠어."

도중부터 이해하는 것을 완전히 포기한 카슈가 엄청 상쾌한 목소리로 대답했다.

"리엘은 굉장해……. 나도 중간부터 무슨 말을 하는지 전혀 이해하지 못했어……."

루미아도 쓴웃음을 지으며 카슈의 말에 동의했다.

이 자리의 학생 대부분은 두 사람과 같은 심정이었다.

"진짜 엄청나……."

"세상에…… 이 술식은 대체 누가 만든 거지……?"

필기만큼은 우수한 세실과 학년 톱클래스의 성적우수자인 시스티나 같은, 간신히 어느 정도는 이해한 소수의 학생은 경악에 휩싸인 나머지 얼굴이 뻣뻣하게 굳어 있었다.

이 두 사람도 마술 공식과 마술 함수의 조합으로 마술식을 만드는 게 일반적인 이 학원에서, 아예 처음부터 룬으로 조합하기 시작하는 글렌의 마니악한 수업을 듣지 않았다면 조금도 이해하지 못했을 것이다.

"진심으로 놀라워……. 우츠강(鋼)의 대검을 어떻게 그런 빠른 속도로 연성하는지 궁금해서 참을 수 없었는데…… 설마 마술 언어인 룬의 사양에 존재하는 버그조차 이용하고 있었다니……."

완전히 감탄한 표정의 세실은 이마에 비지땀을 흘렸다.

우츠강이란 강철의 원소 배열 구조 안에 일정 주기로 탄소의 층 구조를 배열해서 일반적인 강철보다 압도적으로 우월한 강인함을 부여한 특수 소재다.

제국에서도 우츠강을 공업적으로 생산할 수 있는 단조 기술자는 지극히 소수인 데다가 연간 생산량도 몹시 적기 때문에 연금술로 우츠강을 연성하는 방법을 연구하는 중이다.

하지만 그 결과물들을 현실에 고정하는 건 지극히 어려운 일이었다. 재현은 일시적인 현상에 불과하며, 게다가 그 배열 구조의 복잡함 때문에 연성하는 데 엄청난 시간이 걸린다는 것이 현재 제국 마술 학회의 우츠강 연성에 관한 연구 상식이었다.

리엘의 술식도 결과물을 계속 고정하지 못하는 결점이 있었지만 아무튼 연성 속도 자체는 말 그대로 차원이 달랐다. 그야말로 경이적일 정도로…….

하지만 만약 이 술식을 학회에 발표한다고 해도 아마 탁상공론이라고 웃어넘길 게 뻔했다. 실제로 리엘이 쓰는 모습을 보지 않는 한은……. 그 정도로 터무니없는 이론 위에 성립된 연성식이었던 것이다.

"어째서 이런 술식이 제국군에 배치되지 않았나 싶었는데……."

세실은 감탄의 한숨을 흘렸다.

"리엘…… 너, 지금까지 계속 이런 걸 썼던 거니?"

그리고 시스티나는 험악한 표정으로 리엘에게 따지고 들었다.

"이건 자칫하면 뇌의 연산 처리 기능이 과열돼서 폐인이 되는 술식이잖아!"

"……그런 거야?"

"그런 거야!"

"······몰랐어."

시스티나의 지적에 리엘은 아무런 감흥도 느껴지지 않는 목소리로 대답했다.

그 졸린 듯한 표정에는 경악은 물론이고 아무런 두려움조차 드러나지 않았다.

"정말이지······ 그건 그렇고 대체 뭐야. 이 터무니없는 심층 의식의 사용법은! 술자의 안전을 눈곱만큼도 고려하지 않았잖아! 술자 따위 쓰고 버리는 말이라는 술식 제작자의 정신 나간 의도가 뻔히 보일 정도로!"

분개한 시스티나는 뒤에 있는 웬디를 돌아보았다.

"너도 그렇게 생각 안 해?! 웬디!"

"······예?"

자신에게 화제가 돌아온 덕분에 리엘의 설명을 듣고 넋을 잃었던 웬디가 그제야 제정신을 차렸다.

"그, 그래요! 정말 그 말대로예요! 이런 술자를 배려하지 않는 술식은 귀족적이지 않아요. ······저도 처음부터 알고 있었는걸요!"

하지만 어째선지 웬디는 그 순간 비지땀을 흘렸고 말투도 시원스럽지 못했다.

"자, 자."

그리고 뜨거워진 시스티나를 달래듯 루미아가 끼어들었다.

"아무튼 그런 어려운 마술을 능숙하게 쓸 수 있는 리엘이 굉장하다는 뜻이지?"

"잔뜩 연습했으니까."

"요, 용케도 지금까지 살아있네……."

태연하게 대답하는 리엘의 모습에 시스티나의 뺨이 경련을 일으켰다.

하지만 다소 의문이 남았다.

사전에 글렌에게서 리엘이 제국 궁정 마도사단의 일원이라는 말을 들었는데, 설마 제국군에서는 병사의 목숨을 도외시하는 무모한 훈련을 시키고 있는 것일까? 뭔가 이상하다. 애초에 세실 역시 리엘의 이 술식은 제국군에 배치되지 않았다고 말했다.

그렇다면 리엘은 대체 어디서 이 마술을 배운 것일까.

"다들 절대로 따라 하지는 마. 이 술식을 제대로 쓰려면 연금술 분야에서 압도적인, 그야말로 하늘이 내려준 센스가 필요해. 이 정도 수준까지 오면 이건 리엘의 고유 마술이나 다를 바 없어."

하지만 그런 개인적인 사정을 파헤치는 건 좋지 않다는 생각에 다다른 시스티나는 다른 사람의 입에서 그 의문이 제기되기 전에 재빨리 이 자리를 마무리했다.

"이런 걸 어떻게 따라 하겠어……."

"아마 리엘이 아니면 아무도 못 쓸걸……."

"으, 으음, 저라면 가능할지도 모르지만…… 흐, 흥! 그런 우아함이라고는 털끝만큼도 느껴지지 않는 천박한 술식은…… 저, 저에겐 안 어울리는걸요!"

그 순간이었다.

콰당!

누군가가 거칠게 자리에서 일어나는 소리가 교실 안에 크게 울려 퍼졌다.

"……기블?"

그 소리를 낸 사람은 리엘과 약간 떨어진 자리에서 지금까지의 대화에 참여하지 않고 혼자 가만히 앉아있던 기블이었다.

"어, 어이. 기블. 너, 갑자기 왜 그래……?"

"……난 이만 간다. 너희들도 그런 식으로 놀 여유가 있다면 집에 돌아가서 마술 공부나 더 하는 게 어때?"

기블은 왠지 화가 난 목소리로 말하면서 가방 안에 거칠게 교과서와 노트를 쑤셔 넣기 시작했다.

"뭐어? 너, 인마 그런 식으로 말할 건 없잖냐……."

기블의 아니꼬운 말투에 익숙해진 카슈는 기가 막힌다는 듯 머리를 긁적거렸다.

"흥."

하지만 기블은 대답하지 않고 등을 돌려서 떠나려 했다.

그 순간, 누군가가 뒤에서 그의 소매를 잡아당겼다.

"아…… 너, 넌……?!"

뒤를 돌아본 기블은 너무 놀란 나머지 눈을 부릅떴다.

소리와 움직이는 기척조차 느껴지지 않는, 마치 순간이동이라도 한 것 같은 그 움직임을 본 일동은 여우에 홀린 기분으로 눈을 깜빡거렸다.

"……이거."

리엘은 손바닥 위에 놓인 깃털 펜을 기블에게 내밀었다.

"떨어트렸어."

"으…… 큭!"

적대감으로 얼굴을 새빨갛게 물들인 기블은 그 깃털 펜을 낚아채듯 뺏어 들더니 거친 걸음걸이로 성큼성큼 교실을 나갔다.

"……?"

리엘은 손을 내민 자세 그대로 조각상처럼 굳어 버렸다.

뒤에 남겨진 학생들은 어안이 벙벙할 수밖에 없었다.

"왜 저래? 저 녀석."

시스티나는 당황스러움이 절반, 분노가 절반쯤 섞인 목소리로 투덜거렸다.

"그러고 보니 저분, 리엘이 이 반에 온 후부터 이상할 정도로 신경이 예민해진 것 같은 기분이……."

"하하…… 사실 저 녀석, 리엘의 연금술이 너무 굉장해서 질투한 거 아냐?"

"그, 그만해. 카슈. 그거 의외로 정곡을 찌른 걸지도 몰

라. 기블은 연금술에 절대적인 자신감을 가지고 있었는 걸……. 시스티나에게도 결코 뒤지지 않는다면서."

글렌은 인기척이 없는 복도에서 벽에 등을 기댄 채, 팔짱을 낀 자신을 눈치채지 못하고 떠나가는 기블의 뒷모습을 눈으로 배웅하며 가볍게 한숨을 내쉬었다.

"하긴 그렇겠지~. 누구나가 리엘 같은 이물질을 선선히 받아들일 수는 없을 테니까……."

확실히 리엘은 루미아와 시스티나 덕분에 비교적 쉽게 교실에 녹아들 수 있었지만 기블 같은 학생이 몇 명쯤 존재하는 것도 사실이었다.

아무튼 리엘의 능력은 일반적인 규격을 크게 벗어났다. 제국 궁정 마도사단에서도 손꼽히는 외도 마술사 격파 수를 자랑하는 특무분실의 에이스. 그 힘을 쉽게 감출 수 있을 리가 없다. 그런 리엘에게 정체를 알 수 없는 공포를 본능적으로 느낀 학생도 많았을 터.

그래서 대놓고 마술 전투를 시킨 적은 아직 없지만…… 글렌의 반에서 만에 하나라도 리엘을 이길 수 있는 학생은 존재하지 않았다.

게다가 학생 입장에서 보면 자신들을 압도적으로 능가하는 상대가 초급 마술도 제대로 쓸 줄 모르는 열등생인 것이다. 그 인식은 이미 첫 수업 때 리엘이 대검으로 골렘을 산산조각 냈을 때부터 뿌리를 내리고 말았다. 누구나가 속으로는 진심으로 싸우면 그녀를 이길 수 없다고 뼈저리게 느끼고 있을 터. 이건 햇병아리라고는 해도 마술사의 자존심을 크게 상처 입히는 일이다. 더욱이 본인이 젊으면 젊을수록 더욱.

"뭐, 이건 시간이 해결해주는 걸 기다려야 하나……?"

문득 리엘 일행이 교실 밖으로 나오려는 기척이 느껴졌다. 이야기가 대충 끝났으니 다 같이 하교하려는 모양이다.

글렌은 머리를 긁으며 빠른 걸음으로 그 자리를 떠났다.

이와 같은 문제는 반에 잠재적으로 존재하는 불협화음만으로 그치지 않았다.

역시 리엘 자신에게도 문제가 있었다.

이건 어느 날에 벌어진 일이었다.

"……"

양손으로 서류 다발을 안은 리엘이 마술학원의 복도를 걷고 있었다.

'리엘…… 너도 하면 할 수 있는 애였구나……. 이 선생님은 정말 기쁘다……!'

약 열 몇 미트라 뒤의 복도 사각에서는 리엘에게 서류를 옮기라는 심부름을 시켜놓고 몰래 그 뒤를 미행하는 상식적으로 전혀 이해할 수 없는 짓을 벌인 글렌이 눈시울이 뜨거워지는 것을 참고 있었다.

옆을 지나쳐가는 학생들이 의아한 눈으로 쳐다보는 것도 개의치 않은 글렌이 그런 리엘의 모습을 수상하고도 따스한 눈으로 지켜보고 있자니…….

"글렌 레이더스! 네놈, 다 들었다! 흑마술학 수업 중에 내가 고안한 주문을 학생들 앞에서 「실전 지향적이지 못하고 비효율적이다」라고 폄훼했다며?!"

갑자기 나타난 할리가 글렌의 등에 장갑을 던지며 고함을 질러댔다.

"이 몸을 이렇게까지 무시한 무례한 놈은 네놈이 처음이다! 오늘이야말로 절대로 용서 못 해! 네놈에게 결투를 신청하마!"

"아, 저기, 그…… 하……뭐시기 선배?"

글렌은 당황과 긴장 때문에 새파랗게 질린 얼굴을 하고 뒤에 있는 할리를 어색한 동작으로 돌아보았다.

"지, 지금은…… 그게…… 무리라고 해야 할지…… 몹시 유기적이고 복잡한 사정이 있어서 지금 저에게 결투를 신청했다간 엄청난 사태가 벌어질지도 모른다고 해야 할까…….저기…… 사과할 테니 좀 참으시는 게……."

"흥! 겁을 집어먹은 거냐?! 이제 와서 사과해봤자 늦었다! 어서 그 장갑을 주워라! 네놈이 말하는 실전적인 마술이 뭔지 똑똑히 봐주마! 안심해, 목숨만은 빼앗지 않을 테니!"

"아~ 그게~ 저기~ 제, 제 목숨보다는…… 선배의 목숨이 지금 어~엄청나게 현재진행형으로 풍전등화라고 할까……. 저기…… 어서 결투를 취소하지 않으시면…… 평화로운 학원이 처참한 참극의 현장으로 변할지도 모른다고 할까―."

글렌이 어떻게든 이 상황을 수습해보려고 할리를 달랬지만, 이미 늦었다.

"……왜, 글렌? 그 사람…… 적이야?"

"나, 나왔다아아아아아아아아아아아아아아아아아아!"

옆에서 불쑥 튀어나온 리엘의 모습에 글렌은 머리를 부여잡고 공황상태에 빠졌다.

"하뭐시기 선배! 도망쳐요! 지금 당장 도망치시라고요오!"

"뭐냐? 계집. 네놈이 그 소문의 편입생인가? 이야기는 들었다. 네놈, 태도가 불량―."

할리가 리엘에게 잔소리를 늘어놓으려고 거만한 태도로 접근한 순간―.

부웅!

공기를 가르며 그에게 들이닥친 건 흉악하기 짝이 없는 대검의 참격이었다.

동시에 그 검압만으로도 주위에 있던 창문이 일제히 밖으로 튕겨 날아갔고 돌로 된 벽에도 균열이 생겼다.

글렌이 재빨리 할리의 다리를 건 덕분에 정수리의 머리카락이 잘려나간 정도로 그쳤을 뿐, 조금만 더 늦었으면 목이 날아갔을 것이다.

"어, 어, 어어?!"

정수리가 반짝반짝 빛나는 거울처럼 변한 할리는 엉덩방 아를 찧은 채 한 손으로 거대한 대검을 휘두른 리엘을 겁에 질린 눈으로 올려다보았다.

변함없이 졸린 듯한 무표정을 고수하고 있는 리엘의 주위 에서 대검이 일으킨 검압의 여파로 복도의 벽이 차례차례 무너지고 있었다.

"꺄아아아아아아아아아아악?! 아직 젊은데도 벌써 모근이 위기인 할리 선생님의 귀중한 머리카락이이이이이이이?!"

"이, 이게 뭐야?! 벽? 벽이?! 지금 대체 무슨 일이 일어난 거야!"

그 소음에 복도를 지나가던 학생들이 크게 술렁거렸다.

"시끄럽다! 내 머리카락은 언급하지 말랬지! 아니, 그것보 다 네, 네, 네놈! 지, 지금 대체 무, 무슨 마술을 쓴 거냐! 설마 그 검으로…… 아니, 그건 말도 안 돼! 검으로 펼칠 수 있는 위력이 아니잖아! 상식적으로 생각해봐도!"

"저 녀석한테는 그 상식이 적용되지 않는다고요! 그러니까 당장 도망가시라고 했잖습까!"

리엘은 허둥지둥하는 할리와 글렌을 무시하고 어딘지 모 르게 의기양양한 태도로 대검을 겨누었다.

"괜찮아. 놓치지 않을 테니까. ……맡겨줘, 글렌. 네 적을…… 죽이겠어."

"리엘! 잠깐 기다려어어어어어! 진정하라고오오오오!"

"히이이이이이익?! 사, 사람 살려어어어어어어어어어어어!"

"이거 놔, 글렌. 저 녀석을 못 죽이잖아."

"시끄러! 학원에서 토막살인 사건이 나려는 걸 가만히 지켜볼 수 있겠냐! 아 진짜! 루미아랑 하얀 고양이는 어디 갔어! 빨랑 어떻게 좀 해달라고오오오오!"

……이런 식으로 부족한 상식과 어긋난 감성으로 리엘이 가끔 터무니없는 문제를 저지르는 탓에 글렌은 매일 긴장하느라 쓰린 속을 부여잡았다.

하지만 그런 분주한 나날이 리엘에게 좋은 방향으로 작용하는 것 또한 사실이었다.

그녀에게는 보는 것과 듣는 것, 그 모든 것이 신선한 나날.

가끔 리엘이 어렴풋하게 보여주는 글렌이 지금까지 본 적 없는 그 표정은…… 내심 감출 수 없는 기쁨이었으리라.

제3장 원정 수학여행, 출발

"웃기지 마……! 그건 사실상 입회 거부 선언이 아닌가……!"

그날, 제국 백금 마도 연구소 소장인 버크스 브라우몬은 너무나도 화가 난 나머지 자신의 업무용 책상을 주먹으로 세차게 내려쳤다.

"당신도 알고 있지 않나?! 이 내가, 조직을 위해 얼마나 많은 공헌을 해왔는지! 얼마나 많은 헌금을 바쳤는지를!"

버크스의 나이는 마흔에서 쉰 정도. 그 나이에 어울리게 주름이 진 피부. 정수리는 완전히 벗겨져 있는 데다가 그나마 남아있는 머리카락과 입가에 기른 수염에도 흰 털이 드문드문 보였다. 다만, 눈만은 어둠 속에서 사냥감을 노리는 육식동물처럼 번들거리고 있었다.

"이렇게까지 했는데도 내 입회를 인정할 수 없다는 건가?! 내 마도의 힘이 필요 없다는 건가?! 내 마도 기술과 공헌은 제2단 《지위(地位)》는커녕 제1단 《문》에도 미치지 못한다는 건가?! 언제까지 이 나를 참가 지원자로 내버려 둘 셈이지?! 대답하라! 엘레노아 공!"

버크스는 거친 감정을 그대로 드러내며 책상 건너편에서 태연한 얼굴로 서 있는 여성— 엘레노아에게 윽박지르듯 질문했다.

"진정하시죠, 버크스 님."

하지만 그런 버크스의 분노 따위는 아랑곳하지도 않고 헤드 드레스와 앞치마 등의 하녀 복장을 한 엘레노아는 생긋 웃으며 흘려 넘겼다.

그 하녀복장은 하늘의 지혜 연구회의 외도 마법사인 엘레노아가 제국 정부에 밀정으로 잠입했을 때 입은 복장이었지만, 아직도 애용하는 것으로 보건대 꽤 마음에 든 것 같았다.

"대도사님도 제3단《천위(天位)》의 분들도 당신의 입회를 거부……하시는 건 아니랍니다. 오히려 버크스 님의 힘을 실로 높이 평가하고 계시지요. 버크스 님 정도의 실력자라면 포털스 오더를 뛰어넘어서 당장에라도 어뎁터스 오더— 그것도 상당히 높은 위계로 맞이하려고 하십니다. 다만…… 당신의 조직에 대한 충성심이 진짜인지 확인하기 위해 대도사님께서는 버크스 님에게 시련을 부과하셨을 뿐이지요."

엘레노아는 태연한 자세를 무너트리지 않고 방긋방긋 웃으며 담담히 말했다.

"『Project : Revive Life』…… 그 마술 프로젝트를 버크스 님께서 다시 완성하셨을 때야말로 비로소 정식으로 우리, 하늘의 지혜 연구회의 동지가 되실 수 있을 겁니다."

"그러니까 그게 사실상의 입회 거부라고 하지 않았나!"

엘레노아의 태도에 몸이 타들어 가는 분노를 느낀 버크스는 한층 더 크게 고함을 질렀다.

"이 마도대국인 알자노 제국에서 백금술(白金術)의 권위로 칭송받는 이 버크스 브라우몬이 그『Project : Revive Life』가 어떤 프로젝트인지도 모른다고 생각했나?!"

"아뇨, 그런 생각은 털끝만큼도 없었습니다만."

"그 의식 마술은 희대의 천재 연금술사인 시온이기에 이뤄낼 수 있었던 궁극의 금주법(禁呪法)이었거늘!"

"어머? 버크스 님의 힘은 시온보다 뒤떨어진다고 말씀하고 싶으신 건가요?"

"그럴 리가! 나야말로 틀림없는 진정한 천재다! 시온보다 온갖 방면에 정통한 내가 더 우수한 게 당연해! 하지만……『Project : Revive Life』……만은, 이야기가 달라……!"

버크스는 엘레노아를 물어뜯으려는 기세로 노려보았다.

"『Project : Revive Life』는 조금 전에도 말했듯 연금술사 시온이기에 이뤄낼 수 있었던 마술……. 즉, 그 금주법은 오리지널에 가까운 마술. 아니, 연금술사 시온의 오리지널 그 자체라고 해도 무방해! 시온의 타고난 마술 특성을 이용한 그만의 마술이었다! 다시 말해, 시온이 아니면 그 금주를 성공하는 건 불가능하다는 뜻! 네놈들은 그런 사실도 눈치채지 못하고 시온을 함부로 다루다가 모처럼 성공할 수 있었던 프로젝트를 전부 물거품으로 만들지 않았나! 그 뒤처리를 나에게 떠넘기려 하다니, 대체 무슨 속셈이냐!"

여기까지 단숨에 말한 버크스는 마치 불꽃 같은 거친 숨을 내뱉었다. 그 분노는 아직도 식지 않았고, 번들거리는 눈에는 핏발이 서 있었다.

"그 일에 관한 건 우리로서는 그저 귀가 따가울 따름이네요. 확실히 버크스 님의 말씀대로 『Project : Revive Life』는 시온의 오리지널이라고 해도 무방한 고도의 의식 마술. 시온이 죽은 지금 그 금주를 완수해내는 건 불가능…….예, 그랬었죠."

"……그건 또 무슨 뜻이지?"

엘레노아의 의미심장한 발언에 버크스는 의아한 시선을 보냈다.

"전망이 보였거든요. 이 프로젝트를 완성할, 전망이."

"흥, 헛소리도 정도껏 해라. 뭐? 설마 『Project : Revive Life』로 시온을 되살리기라도 할 셈인가? 푸하하! 그거야말로 주객전도라는 거다!"

엘레노아는 자신을 비웃는 버크스의 언동을 개의치 않고 말을 계속했다.

"……『감응 증폭자』."

"뭐라고……?"

"조만간 이 마도 연구소에 알자노 제국 마술학원의 학생들이 『원정 수학』으로 방문할 예정이지요?"

"아, 그 하찮은 행사 말인가. 그게 뭐가 어쨌다는 거지?"

"그 학생 중에 『감응 증폭자』가 한 명 섞여 있답니다. 그 학생의 힘을 이용한다면······."

그러자 버크스가 침을 내뱉듯 소리쳤다.

"이러니까 아무것도 모르는 풋내기는! 그 발상은 내가 이미 지나쳐온 길이다! 잘 들어. 『감응 증폭자』는 마술과 마력을 강화할 뿐인 『이능력자』에 불과해! 이론상 성립이 불가능한 마술식에서 성공을 도출해낼 수는 없어! 암시장에서 『감응 증폭자』를 사들여 실컷 해체해가며 실험해본 내가 단언해주마! 불가능해!"

"어머나, 버크스 님은 겉으론 성실한 것처럼 보여도 뒤에서는 터무니없이 비인도적인 위법행위에 손을 물들이고 계셨군요······. 후훗, 무서운걸요."

"흥! 그게 네놈이 할 말이냐, 외도 마술사. 네놈들이 저지른 짓거리에 비하면 이 정도쯤은 충분히 인도적인 방법이거늘."

의미심장하게 쿡쿡 웃는 엘레노아. 그런 엘레노아를 모멸하듯 내려다보는 버크스.

일반인에게는 도저히 이해할 수 없는 광기야말로 그들에게는 상식이자— 일상이었다.

"하오나 그 점에 관해서는 문제가 없답니다. 이번 『감응 증폭자』는 『특별』하니까요······. 이걸 보시지요."

엘레노아가 품에서 둘둘 말아 봉납한 서류를 꺼내 버크스에게 내밀었다.

"……이건?"

"……보시면 알 겁니다."

버크스는 떨떠름한 얼굴로 봉납을 뜯고 문서를 펼쳤다.

그리고 내용을 확인하고는 경악에 휩싸여 눈가가 찢어질 정도로 부릅떴다.

"이, 이건—?! 이건…… 마, 말도 안 돼……. 그런 일이……?!"

"후후, 어떠신가요?"

"으음…… 하, 하지만! 이, 이게 정말 사실이라는 건가?!"

지금까지의 분노는 어디로 갔는지 현재의 버크스는 동요한 나머지 안색이 새파랗게 질려있었다.

"그 문서 아래에 찍힌 문장을 확인해보시지요."

"쌍둥이의 인장…… 이, 이건 설마 대도사님의……?! 그렇다면 여기에 적혀 있는 내용은……?!"

"예, 사실이랍니다."

엘레노아는 손가락을 딱 울렸다. 그러자 버크스가 손에 들고 있던 문서가 단숨에 타올라 흔적도 없이 소멸했다.

버크스는 놀란 기색도 보이지 않고 사색에 잠겨 있었다.

"이 『Project : Revive Life』에 관해서는 우리 조직도 무척 긍정적으로 검토하고 있답니다. 그리고 헤븐스 오더의 분들께서 버크스 님께 큰 기대를 하고 계신다는 점도 덧붙여 말씀드리죠."

"하, 하지만 이건……."

"걱정하지 마시길. 『감응 증폭자』의 신병을 확보하는 건 이미 『사전 준비』가 끝났으니까요. 표적인 『감응 증폭자』의 주위에서 제국 궁정 마도사단의 쥐새끼가 어슬렁거리고는 있지만, 문제 될 건 없을 겁니다. 그리고 버크스 님께는 최고의 협력자를 소개해드리지요."

"……협력자라고?"

"예."

엘레노아는 다시 한번 손가락을 울렸다.

그러자 방문이 열리고 한 청년이 들어왔다.

알자노 제국에서는 보기 드문 파란 머리카락을 가진 백의 타입의 로브를 입은 청년이었다.

"처음 뵙겠습니다. 버크스 씨."

청년은 온화하게 인사했다.

"누구지? 네놈은."

"어라? 절 모르시나요? 그 희대의 연금술사 시온과 『Project : Revive Life』에 대해 잘 알고 있는 당신이라면 제 이름도 당연히 알고 계실 줄 알았습니다만…… 어쩔 수 없네요. 제 이름은—"

"아니, 잠깐…… 분명 어디선가 본 적이……."

버크스의 얼굴이 서서히 유령을 보는 표정으로 바뀌었다.

"그쪽 조직에서 흘러들어온 시온의 『Project : Revive Life』에 관여한 마술사들의 자료 사진 중에……. 맞아, 분명…… 설마 네놈은?! 그 시온의 파트너라고 일컬어지던……?! 살아있었던 건가……?!"

파란 머리의 청년은 입가를 살짝 일그러트리며 쾌활하게 웃었다.

"물론 어뎁터스 오더의 말석에 있는 저도 버크스 님에게 협력을 아끼지 않을 거랍니다."

"……"

버크스는 엘레노아의 말에 입을 다물었다.

인정할 수밖에 없었다. 특별한 『감응 증폭자』. 시온의 공동 연구자. 그리고 하늘의 지혜 연구회의 전면적인 백업…… 과거에도 보기 드문 우수한 조건이 갖춰진 셈이다. 바로 지금 버크스의 눈앞에서 『Project : Revive Life』라는 절대로 불가능했던 아성이 눈에 보일 정도로 빠르게 무너져 내리고 있었다.

"어떠신가요? 이 이야기를…… 받아들이시겠습니까? 당신도 우리 조직으로 들어오는 것을 원하시는 이상…… 바라고 계시지 않나요? 선택받은 마술사들에게 통치되고 지배받는 신세계와…… 위대한 하늘의 지혜―『금기교전(禁忌教典)』을." 아카식 레코드

"……"

"어서 결단을. 모든 영광과 지혜는 이미 버크스 님의 바로 눈앞에 있습니다. 그리고 버크스 님은 그 모든 것을 손에 넣을 수 있는 권리와 자격을 지니신 분이니까요."

입을 다문 버크스에게 엘레노아는 미소를 지우지 않은 채로 정중히 고개를 숙였다.

……장소를 바꿔서 알자노 제국 마술학원의 2학년 2반 교실.

"뭐, 그런 고로……."

방과 후의 종례 시간이었다.

글렌은 귀찮다는 티를 팍팍 내면서 교단에 서 있었다.

"이번에 너희들이 수강할 『원정 수학』에 관한 개요를 전달하려고 한다만……. 나 참, 뭐가 『원정 수학』이라는 거야? ……아무리 생각해도 이건 반 애들을 인솔해서 같이 놀러 갔다 오는 『관광 여행』이잖아……."

"선생님도 참! 성실하게 좀 하시라구요!"

글렌의 의욕 없는 태도에 즉시 반응한 시스티나가 자리에서 일어나 큰 소리를 질렀다.

"애초에 『원정 수학』은 노는 것도, 관광 여행도 아니라구요! 알자노 제국에서 운영하는 각지의 마도 연구소에 방문, 견학하면서 최신 마술 연구에 관한 강의를 받는 것이 목적인 필수 강좌 중 하나—."

"예, 예. 그랬죠. 자세히 해설하느라 수고 많으셨습니다."

바로 설교 모드에 들어간 시스티나를 보고 글렌은 지긋지긋하다는 듯 머리를 헤집으며 고개를 떨궜다.

그녀의 말대로 『원정 수학』은 학원에서 그런 목적으로 개설한 강좌로서 2학년이 필수로 들어야 하는 수업 중 하나이기도 했다. 하지만 글렌의 말대로 강의와 연구소를 견학하는 시간을 제외하면 자유시간이 꽤 많은 편이라 관광이라는 측면 또한 완전히 부정할 수는 없었다. 늘 학원과 페지테에만 틀어박혀 있는 학생들을 억지로 밖에 끌어내서 견문을 넓히게 하려는 의미도 포함되어 있었던 것이다.

참고로 『원정 수학』 수업은 반별로 개설되어 있어서, 수업을 받는 시기와 행선지도 반마다 제각기 달랐다. 이건 각 반의 수업진행 상황과 방문해야 할 마도 연구소의 업무 일정, 그리고 연구소에서 받아들일 수 있는 허용 인원의 조정 작업 들을 고려하면 당연한 일이었다. 2학년 전원이 한 연구소에 몰려갈 수는 없는 노릇이니까.

"연구소 분들도 바쁜 와중에 저희를 위해 예정을 비워주신 거니까 선생님도 인솔자로서 확실한 자각을 가지고—."

"예, 예, 예. 알겠슴다! 알겠다고요! 이제 잔소리 좀 그만!"

학생들은 글렌이 시스티나에게 설교를 듣는 와중에도 여기저기서 이번 『원정 수학』을 화제로 잡담을 꽃 피웠다.

"세실. 이번에 우리가 가는 곳이 거기였지? 그러니까 분명 황금 마도……."

"하하하, 아니야. 황금이 아니라 백금 마도 연구소."

"아, 맞아. 그거. 그런데 난 역시 백금 마도 연구소보다는 칸타레의 군사 마도 연구소를 견학하고 싶었는데 말야~."

"어쩔 수 없잖아, 카슈. 그런 식으로 따지면 나도 이텔리아의 마도 공학 연구소로 가고 싶었는걸."

학원에서도 반마다 대충 행선지로 희망하는 곳을 조사하기는 하지만, 개별 희망에 일일이 응해줄 여유는 없었다. 자신이 어떤 연구소로 『원정 수학』을 갈지는…… 완전히 운이었다.

필연적으로 역시 여기가 좋았다느니 저기로 가고 싶었다느니 하는 불평이 쏟아지기 시작한 순간—.

"홋…… 아직 생각이 부족하군. 거기 있는 남학생 제군."

행선지에 관한 불만을 듣고 있던 글렌은 자신감 넘치는 미소를 지으며 말했다.

"우리는 운이 나쁘다든가…… 다른 곳이 더 좋았다든가…… 그런 생각을 하는 모양인데, 오히려 난 너희들은 운이 좋다고 말하고 싶군. 틀림없이, 절대적으로, 압도적으로 행운의 여신의 총애를 받았다고밖에 표현할 길이 없다……!"

"예……?"

"냉정히 잘 생각해봐라. 백금 마도 연구소가 대체 어디에 있는지……."

백금 마도 연구소는 그 이름 그대로 백금술(白金術)을 연구하는 시설이다.

백금술이란 백마술과 연금술을 이용해서 생명의 신비에 관한 연구를 하는 복합 마술로 그 연구를 진행하려면 대량의 깨끗한 물이 필요하다.

따라서 지맥 관계상 수질이 좋고 물을 쉽게 얻을 수 있는 사이넬리아 섬에 연구소가 세워졌는데…….

"……헉! 사이넬리아 섬은 리조트 비치로도 그 유명한……?!"

"서, 설마……?!"

세실은 어이가 없다는 듯 쓴웃음을 지었지만 카슈와 그 밖의 남학생들은 눈을 빛내며 자리에서 벌떡 일어섰다.

"홋…… 이제야 깨달은 모양이군. 그리고 이『원정 수학』은 자유시간이 꽤 넉넉한 편이지. 아직 수영하기에는 좀 이른 계절이지만, 사이넬리아 섬 부근은 영맥(靈脈) 관계상 연중 기온이 높아서 지금도 해수욕이 충분히 가능…… 게다가 우리 반에는 이상할 정도로 수준이 높은 미소녀가 많아. ……나머지는 더 말하지 않아도 알겠지?"

""""서, 선생님……!""""

"더 말하게 하지 마라. 잠자코 나만 믿고 따라와."

""""예!""""

바로 지금 이 순간, 담당 강사인 글렌과 학생들(지극히 일부의 남학생 한정) 사이에 기묘한 공감대와 우정이 형성되었다.

"우리 반은 바보 소굴인가······."

"아하하······."

"······?"

시스티나는 기가 막힌다는 듯 한숨을 내쉬었고 루미아는 쓴웃음을 흘렸다.

두 사람의 뒷자리에 앉은 리엘은 뭐가 뭔지 잘 모르겠다는 듯 살짝 고개를 갸웃거렸다.

그리고 시간이 지나 마침내 2반의 『원정 수학』 날이 찾아왔다.

당일, 아직 해도 높이 뜨지 않은 아침 안개에 감싸인 어둑어둑한 시간대.

마술학원 안뜰에는 교복을 입고 여행용 가방을 등에 짊어진 학생들이 모여 있었다.

"홋, 드디어 이날이 왔군······. 왠지 흥분되는걸!"

"흥. 넌 여전하구나, 카슈. 우리는 놀러 가는 게 아니다만?"

"너도 참 여전히 재미없는 놈이구나. 기블······."

"백금 마도 연구소는······ 어떤 곳일까?"

"생명에 관한 마술 연구를 한다고 들었는데······ 아무래도 실제로 가보지 않고서는 뭐라 할 말이 없네요."

"야…… 나, 이번 원정 수학 중에 동경하는 웬디 님께 고백할 거다……."

"관둬, 알프. 너한테는 허들이 너무 높아. ……성대하게 폭사하는 미래밖에 안 보인다고."

이른 아침인데도 학생 대부분은 열기와 활기가 가득 찬 얼굴로 들떠 있었다.

글렌은 학생들과 자신의 온도 차에 현기증을 느끼며 사무적으로 인원을 점검했다.

"다 왔지~? 온 거 맞지~? 그럼 출발한다~?"

그 후 담당 강사인 글렌의 인솔을 따라 학생들은 미리 수배한 역마차— 도시 간 이동용 대형 마차 몇 대에 조를 나눠서 타고 페지테를 떠났다.

페지테 서쪽의 벽문에서 출발한 역마차는 남서쪽으로 이어지는 가도를 내려갔다.

덜컹덜컹 흔들리는 마차 안의 학생들을 맞이한 광경은 평탄하고 넓은 목초지였다. 아주 약간 노란색이 감도는 어린 풀로 이루어진 융단이, 완만한 언덕과 울창하게 우거진 숲으로 구성된 지평선 끝까지 깔려 있었다.

그런 목초지에서 군데군데 보이는 하얀 솜털 뭉치들의 정체는 양이었다. 털을 깎기 전인 북슬북슬한 양들이 무리를 이루어서 풀을 뜯어 먹고 있었다. 가끔 무리를 이탈하려는 양을 양치기 개가 멍멍 짖어 무리로 돌려보내는 모습이 멀리서 보였다.

오전 시간대라 약간 기온은 낮았지만 공기가 맑고 날씨도 좋았다. 하늘 위에서는 솜사탕 같은 구름이 천천히 바람을 따라 움직이고 있었다. 그 모습을 보고 있노라면 마치 시간의 흐름까지 느려진 기분이 들었다.

참으로 소박하고 평화로운 광경이 그곳에 펼쳐져 있었다.

"느긋해서 참 좋다……."

시스티나는 마차의 창틀에 팔꿈치를 올려 턱을 괸 채 창문 너머의 광경을 넋 놓고 쳐다보았다.

좀처럼 페지테에서 나갈 일이 없는 그녀에게 이런 광경은 무척 신선하게 다가왔다.

"맞아……. 학원에서는 매일 시간에 쫓기고 있었으니 왠지 마음이 편안해지는 기분이야."

손을 포개고 우아하게 좌석에 앉은 루미아도 온화한 표정으로 바깥 경치를 감상하고 있었다.

"그래? 난 잘 모르겠는데."

루미아 옆에 앉은 리엘은 두 사람의 말을 듣더니 졸린 눈으로 그렇게 불쑥 중얼거렸다.

"리엘은 자주 마을 밖으로 나가는 편이야?"

"……응. 항상."

뜻밖의 대답에 시스티나는 반사적으로 되물었다.

"흐응, 뭐하러 마을 밖으로? 혹시 여행?"

"아니, 싸우러."

그 말을 듣자마자 시스티나는 자신의 경솔함을 저주했다. 리엘은 이래 보여도 궁정 마도사다. 조금만 생각해보면 어떤 대답이 나올지 바로 예상할 수 있었건만―.

"내가 마을 밖으로 나갈 때는…… 늘 임무와 명령으로 싸우러 갈 때."

그렇게 말하는 리엘의 작은 얼굴은 평소와 다름없이 졸린 듯한 무표정이어서 아무런 감정도 읽어낼 수 없었다. 그런 군인으로서의 일상이 괴로웠던 건지, 아니면 정말로 아무것도 느끼지 못했던 건지조차 파악할 수 없었다.

그래서 시스티나는 대체 무슨 말을 꺼내야 좋을지 몰라 말문이 막히고 말았다.

"그랬구나. 그럼 임무와 명령 때문이 아니라 마을 밖으로 나가는 건 처음이야?"

하지만 루미아는 손뼉을 치며 밝은 목소리로 물어보았다.

"아마 그럴 거야."

"그럼 기대해, 리엘. 이번 여행은 분명 즐거울 테니까!"

"……응. 알았어."

루미아의 구김살 없는 미소와 목소리에 리엘은 기분 탓인지 모르겠지만 눈을 더 자주 깜빡이더니…… 곧 무뚝뚝하게 대답했다.

'……역시 루미아한테는 못 당하겠어.'

시스티나는 그런 두 사람의 모습을 쓴웃음을 지으면서 지켜보았다.

학생들이 목가적인 풍경을 즐기거나, 잡담으로 꽃을 피우거나, 카드 게임을 즐기거나, 꾸벅꾸벅 졸고 있는 사이에도 마차는 묵묵히 가도를 이동했다. 일정 구간마다 설치된 스테이지라고 불리는 정차 역에서 말을 교환하고 휴식 시간을 가지면서 계속 이동을 거듭했다.

이윽고 날이 지고 밤이 되자 그날은 흔들리는 마차 안에서 잠을 청했다.

학생들이 잠든 사이에도 마차는 가도를 계속 이동했고—.

그리고 다음 날 정오.

마차는 페지테 남서쪽에 있는 항구 마을 시호크에 도착했다.

바다 냄새가 나는 항구 마을 시호크에는 제국 서해안의 각 주요 도시와 주위의 섬들을 연결하는 정기선이 드나든다. 그래서 시호크는 알자노 제국 요크셔 지방의 현관으로도 불렸다. 더욱이 제국 연안의 각 지역과 해외에서 오는 화물선도 항상 드나들고 있기에 남부 요크셔 지방의 각 도시로 향하는 물자가 모이는 중요 교역 거점 중 하나이기도 했다.

시호크에 도착한 2반 학생들은 마차의 정차 역에서 일단 해산했다. 조별로 나누어서 각자 식사 겸 휴식시간으로 약한 시간의 자유시간을 배정받았다. 그 후 백금 마도 연구소가 있는 사이넬리아 섬으로 가기 위해 정기선이 출발하는 선착장에서 모이기로 했다.

그리고―.

"……늦어!"

눈 앞에 펼쳐진 웅대한 수평선을 그리는 거대한 해원과 정박 중인 대형 범선 앞에서, 시스티나는 있는 대로 짜증을 내며 기계식 회중시계를 노려보고 있었다.

"벌써 집합 시간이 지났는데! 그 인간, 대체 어딜 싸돌아다니고 있는 거야?!"

"진정해, 시스티. 아직 5분밖에 안 지났잖아. ……그리고 출항 예정 시각에는 아직 여유가 있으니까."

"그런 문제가 아니라구! 정해진 집합 시간에 오지 않은 것 자체가 문제야!"

루미아가 시스티나를 달래보려고 했지만 그녀는 전혀 귀를 기울일 생각이 없는 모양이었다.

선착장에는 이미 학생들이 전부 모여 있었다.

벌써 인원 확인도 끝났으니 남은 건 글렌이 모습을 드러내는 것뿐이다.

그리고 글렌의 기척이 주위에서 완전히 사라지자마자 갑자기 리엘이 안절부절못하기 시작했다.

"……내가 찾아올게."

그 말을 남기고 마을 쪽으로 걸어가려는 리엘의 손을 루미아가 잡고 말렸다.

"기다려, 리엘. 그다지 규모가 큰 마을은 아니지만, 사람 한 명을 찾기에는 넓어. 길이 엇갈릴 수도 있으니 여기서 우리랑 같이 기다리자. 응?"

"그치만……."

리엘은 그녀 특유의 졸린 듯한 눈으로 불만스럽게 루미아를 흘겨보았다.

마술학원에 처음 왔을 당시와 비교하면 아무 생각 없이 일을 저지르는 빈도는 줄어들었지만, 이대로 있다간 글렌을 찾으러 뛰쳐나갈 것만 같았다. 리엘이 정말로 그럴 마음을 먹는다면 루미아와 시스티나의 힘으로 막는 건 도저히 무리다.

"아, 진짜! 애초에 약속 시각 10분 전에 도착하는 건 사회인의 상식이잖아?! 오늘은 정말로 호되게 한마디쯤 해줘야겠어……!"

그런 리엘의 모습에 초조함을 느낀 시스티나가 거칠게 말하자—

"여~ 거기 있는 아가씨들~? 잠깐 시간 좀 내줄 수 있어~?"

뒤에서 갑자기 경박한 목소리가 들려왔다.

무슨 일인가 싶어서 세 사람이 뒤를 돌아보자 그곳에는 한껏 멋을 부린 자세로 서 있는 청년이 보였다.

푸른빛이 감도는 긴 흑발을 뒤로 묶고 선글라스, 실크해트와 깔끔한 양복 차림에 손에는 스틱을 든 그 멋쟁이 청년은 누가 봐도 고생한 적이 없는 부유층 출신의 헌팅남 같은 분위기로 경박한 미소를 짓고 있었다.

"어이~ 여보세요~?"

청년이 당황하는 루미아의 어깨에 허물없이 손을 올리려는 순간—.

"……무슨 용건이죠?"

옆에서 시스티나가 재빨리 그 손을 쳐내고 자신의 등 뒤로 루미아와 리엘을 감싸듯 나섰다. 그리고 몹시 불쾌한 표정으로 그 청년을 노려보았다.

"이야~ 아가씨들 진짜 귀엽다~. 아! 그 교복은 페지테에 있는 마술학원의 교복이지? 응? 내 말이 맞지? 이런 데까지 뭐하러 온 거야~?"

청년의 너무나도 허물없는 태도에 불쾌감을 느낀 시스티나는 일단 예의를 잊지 않은 말투로 대답했다.

"저희는 학원의 『원정 수학』으로 여기까지 온 거예요. 지금은 사이넬리아행 정기선을 기다리던 참이구요."

"호오~? 그랬어~? 그래서 배를 기다리고 있던 거구나~. 흐응~? 이건 참 신기한 우연이네~. 사실 나도 그 사이넬리아 섬에 용건이 있었거든~. 아하하, 왠지 운명이 느껴지는 걸~? 너도 그렇게 생각 안 해?"

"……생각 안 하는데요."

시스티나가 쌀쌀맞게 단언했지만 청년은 끈질기게 물고

늘어졌다.

"이야~ 이렇게 만난 것도 무슨 인연이잖아? 출발하기 전까지 아직 시간이 있으니 나랑 이야기라도 하지 않을래? 괜찮다면 뭐 좀 사줄까?"

"됐어요."

"아하하, 그렇게 차갑게 거절하지 말고~ 응? 아주 잠깐이면 되니까~."

슬슬 짜증이 났다. 인내심도 한계다. 애초에 시스티나는 이런 타입을 몹시 싫어했다. 이렇게 된 이상 마술로 날려버릴 각오를 하고 청년에게 고함을 지르려 한…… 순간―.

"자~ 이제 그만."

갑자기 나타난 글렌이 그 헌팅남의 목덜미를 뒤에서 움켜잡았다.

"끅?! 뭐, 뭐야 넌?! 바, 방해하지 마! 이건 나랑 이 아가씨들과의 지극히 개인적인……."

청년의 말을 화려하게 무시한 글렌은 루미아와 시스티나에게 눈짓을 보냈다.

"늦어서 미안하다. 하얀 고양이. 설교는 나중에 들어주마."

"서, 선생님……."

"난 이 오빠랑 잠시 할 『이야기』가 좀 있거든. 출항 시간 전까지는 올 테니까 그때까지 반 애들 인솔 좀 부탁한다."

담담히 그렇게 말한 글렌은 청년의 목덜미를 움켜잡은 채

질질 끌고 갔다.

"으아~?! 포, 폭력 반대! 아가씨들, 나 좀 도와줘어어~!"

청년은 한심스러운 비명을 지르며 글렌과 함께 맞은편 길가의 뒷골목으로 사라졌다.

"하아…… 정말이지, 대체 뭐야? 저 사람. 그건 그렇고 저런 이상한 사람은 어디에나 있는 법이네……."

시스티나는 기가 막힌 건지 한심스러워하는 건지 모를 한숨을 내뱉었다.

하지만 곧 뭔가에 놀란 루미아의 표정을 눈치채고 그녀에게 말을 걸었다.

"……왜 그래? 루미아."

"음~ 뭐랄까…… 저 사람, 어딘가에서 본 것 같은 기분이……."

그리고―.

어둡고 축축한 인기척 없는 뒷골목에서.

"나, 날 이런 곳까지 끌고 와서 어쩔 셈이지?! 그, 그만둬! 폭력은 나쁘다고! 폭력은! 히, 히이이이익?! 아버지한테도 맞아본 적 없는데!"

완전히 겁에 질린 태도의 청년에게 글렌은 한숨을 내뱉으면서 말을 걸었다.

"이제 됐어. ……그래서? 무슨 용건이지? **알베르트**."

"……."

그러자 그때까지의 한심스러운 태도를 지운 청년은 자연스럽게 허리를 펴고 실크해트와 선글라스를 내던진 후, 긴 머리카락을 묶고 있던 끈을 풀었다.

그 순간 공기가 변했다. 주위의 온도까지 몇 도정도 내려간 듯한 감각.

지금까지 장식용 선글라스에 감춰져 있던 인간의 마음을 밑바닥까지 꿰뚫어보는 맹금류 같은 날카롭고 차가운 시선이 글렌의 몸을 사납게 찔러왔다.

그 얼굴은 틀림없는 글렌의 제국 궁정 마도사단 시절의 전우이자 특무분실 집행자 넘버 17인 『별』의 알베르트, 바로 그 인물이었다.

"……오랜만이군, 글렌. 얼마 전의 마술 경기제— 왕실 친위대의 폭주 사건 이후로 처음인가."

변함없이 알베르트의 말투에서는 타인을 강렬하게 거절하는 차가움이 느껴졌다. 익숙하지 않은 사람은 그의 목소리를 들은 것만으로도 긴장감을 느낄 정도다.

그러나—.

"……왜 그러지?"

"아니…… 그게 좀…….'

글렌은 머리를 손으로 누르며 뒷골목의 벽에 등을 기댔다.

"네가 임무를 위해서라면 사교계의 신사는 물론이고 경박한 헌팅남이나 거리에서 전단을 뿌리는 양아치까지 완벽하게 연기할 수 있는 녀석이라는 건 알고 있었는데……, 오랜만에 보니 연기와 본모습의 차이에 그만 현기증이……."

"흥, 나약하군. 정신 수양이 부족해."

알베르트는 냉담하게 글렌의 말을 끊어 버렸다.

'아니, 넌 대체 왜 마술사 같은 걸 하는 거야? 차라리 배우로 먹고살 것이지…….'

글렌은 그렇게 말하고 싶은 것을 꾹 참으면서 입을 열었다.

"아, 그런 거였군. 네 모습을 보고 이제야 왜 리엘이 루미아의 호위로 발탁된 건지 이해했어. ……그 녀석은 미끼지?"

"정답이다. 저렇게 알기 쉬운 엉터리 호위를 붙여서 습격하는 쪽의 계획도 어설퍼지기를 기대한 거지. 그 왕녀의 진짜 호위는— 나다. 군에서도 일부밖에 모르는 진정한 극비 임무지. 비교적 먼 거리에서 왕녀 주위를 감시하며 적의 부주의한 계획을 한발 앞서서 탐지한 후 은밀히 대처. 어떻게든 놈들의 꼬리를 붙잡기를 기대하고 수립한 작전이다. 뭐, 그 조직을 상대로 이런 잔재주가 통할 거라는 생각은 안 든다만."

"일시적인 위안, 아니면 아무것도 안 하는 것보다는 낫다는 거겠지……. 반대로 말하면 지금은 그 정도밖에 손 쓸 방도가 없다는 뜻인가……."

그래도 실제로는 특무분실의 에이스급 마도사가 두 명(한 명은 압도적으로 호위 임무에 적합하지 않지만)이나 전력으로 차출된 셈이다. 일반 백성 한 명을 호위하는 전력으로서는 그야말로 파격적인 조치라고 할 수 있다. 적이나 아군이나 전력이 무한한 것은 아니니까.

"옳거니, 안심했어. 엄청나게 안심했다고. 이런 섬세한 임무를 리엘에게 맡기다니, 난 틀림없이 특무분실이 정신 줄을 놓고 자포자기한 줄 알았거든……."

그런 거라면 리엘을 호위로 기용한 이유는 확실히 납득이 갔지만…… 조금 더 나은 방법은 없었던 것일까. 글렌은 피곤한 듯 한숨을 흘렸다.

"……그럼 슬슬 본제로 들어가 볼까. 왜 내 앞에 모습을 드러낸 거지?"

"……."

"네 말대로라면 이번 임무의 요점은 「그 누구에게도 들키지 않을 것」이잖아? 즉, 아군조차 속여야 하는 철저한 정보 은폐였을 텐데? 그걸 포기하면서까지 나와 접촉한 이유는 뭐지?"

글렌의 질문에 알베르트는 잠시 무거운 침묵에 잠겼지만…….

"……리엘을 조심해라."

곧 그런 말을 꺼냈다.

"……뭐? 리엘?"

글렌은 어이가 없는 표정을 지었다.

"야, 이미 조심하고 있다고. 그 녀석이 폭주하지 않도록 내가 얼마나……."

"그런 의미가 아니다. 리엘…… 그 여자는 위험해."

알베르트의 무례한 말투에 글렌은 살짝 눈썹을 세웠다.

"……웃기지도 않는 농담이네. 리엘은 동료잖아?"

"그래, 맞아. 하지만 나와 너만은 리엘의 위험성을 잘 알고 있을 터."

"……읏!"

알베르트의 날카로운 지적에 글렌은 그만 입을 다물었다.

"……그건 이미 옛날 일이잖아. 지금의 리엘은…… 리엘이야. 외도 마술사를 몇 명이나 해치워온 특무분실의 에이스일 뿐이라고……."

"네가 그렇게 착각하고 싶은 것뿐 아닌가? 미리 말해 두겠다만— 난 지금도 리엘은 당장 처분하거나 봉인하는 게 옳다고 본다."

"야…… 아무리 너라도 할 말이랑 못 할 말이 있다고?"

글렌이 위험한 음색을 띤 목소리로 말하자 그 자리의 공기가 단숨에 얼어붙었다.

두 사람은 한걸음도 양보하지 않고 강렬한 시선으로 서로를 노려보았다.

"……흥, 넌 변함없이 사람이 물러."

영원이라고 착각할 정도로 기나긴 몇 초가 지났고 먼저 입을 연 것은 알베르트였다. 물론 그가 글렌에게 압도된 것은 아니었다. 그저 계속 이러는 건 시간 낭비라고 판단했을 뿐.

"뭐, 됐다. 일단 난 경고했으니. 이젠 네가 만약의 상황에 주저하지 않기만을 바랄 뿐이다."

알베르트는 마지막으로 차가운 말을 남기며 바닥에 떨어트린 선글라스와 스틱과 실크해트를 부랴부랴 그러모아 다시 몸에 걸쳤다.

그리고 글렌이 보는 앞에서 재빨리 머리를 뒤로 묶더니―.

"그럼 무서운 형씨! 바이바이~!"

"……응, 연기력 한 번 끝내주네. 어이가 없는 걸 넘어서 존경스럽다 진짜."

씨익 웃으면서 경박한 인사를 남기고 그 자리를 떠나갔다.

그 뒷모습에 글렌은 다시 한번 현기증을 느꼈다.

2반 학생들을 태우고 시호크에서 출발한 정기선은 네 개의 마스트에 커다란 일곱 개의 돛을 펼치고 서남서 방향으로 이동했다.

바다 냄새와 드높은 푸른 하늘.

아득히 먼 저편에서 수평선이 찬란하게 빛나는 시야 한가득 펼쳐진 광대한 대해원.

완만하게 흐르는 기분 좋은 바람이 피부와 머리카락을 부드럽게 쓰다듬었다.

"와아……."

배에 타본 경험이 얼마 없는 시스티나는 이 드넓은 바다의 웅대함에 완전히 압도된 모양이었다. 뱃머리 위에 서서 난간 밖으로 몸을 내민 채 바람에 흩날리는 머리카락을 손으로 누르며 끝없이 펼쳐진 그 광경을 하염없이 감상했다.

뱃머리가 거친 파도를 힘차게 가르면서 나아가는 모습을 시야 한구석에 두고 계속 이렇게 바다를 바라보고 있으면 보통 경건한 기분이 들기 마련이지만—.

"우웨에에에에에에에엑!"

"……진짜 저러고 싶을까."

새하얀 물결로 치장한 아름다운 해원이 토사물로 더럽혀지는 광경에 시스티나는 주먹을 굳게 쥐고 관자놀이를 부들부들 떨었다.

"잠깐만요, 선생님! 저희의 감동을 더럽히지 마시라구요!"

시스티나는 뱃머리에서 조금 떨어진 일반 갑판 위에서 세탁물처럼 난간에 힘없이 걸려 있는 글렌을 큰 목소리로 비난했다.

"시끄러! 체질이 이런 걸 나더러 어쩌라고! 우웁……."

얼굴이 새파랗게 질리고 뺨이 홀쭉해진 글렌이 원망스러운 얼굴로 시스티나에게 항의했다. 하지만 그는 곧 입가를 가리더니 다시 몸을 내밀어서 해수면을 들여다보았다.

"괘, 괜찮으세요? 선생님……."

루미아는 그런 글렌에게 다가가서 걱정스러운 얼굴로 등을 쓰다듬어주었다.

"……솔직히 말해, 전혀, 안 괜찮습다. ……울고 싶다. ……흑흑, 젠장…… 이러니까 배는 싫다고. ……누구야 대체. 이딴 걸 발명해낸 멍청이는……."

위에 든 것을 대부분 게워낸 후에야 겨우 속이 가라앉은 글렌은 난간에 힘없이 등을 기대고 투덜거렸다.

"선생님. 이거 드세요. 아까 선원분께 받은 거예요."

"……사과냐."

"예. 뱃멀미에 좋다더라구요. 괜찮으면 드셔 보세요."

"……솔직히 식욕은 없다만……."

완전히 축 늘어진 글렌을 루미아는 바지런하게 간호했다.

시스티나는 그런 두 사람의 모습을 한숨을 내쉬면서 지켜보았다.

"그런데 의외의 약점이네……. 어울리지 않는다고 해야 하나……. 얼굴은 그렇게 두꺼운 주제에."

"시스티나."

자신을 부르는 목소리에 뒤를 돌아보자 리엘이 서 있었다.

그녀는 왠지 초조한 표정 — 언뜻 보기에는 무표정 같지만 요즘에는 거기서 미묘한 감정의 흐름을 파악할 수 있게 되었다 — 으로 시스티나에게 질문했다.

"……글렌은 왜 저래? 설마…… 병?"

"병하고는 좀 달라. 왜? 선생님이 걱정돼?"

리엘은 계속 쳐다보고 있어야 겨우 알 수 있을 정도로 살짝 고개를 끄덕였다.

시스티나는 그런 리엘을 흐뭇하게 생각하면서 아무쪼록 그녀가 안심하도록 부드럽게 말했다.

"괜찮아, 리엘. 저건 뱃멀미야."

"……뱃멀미?"

"사람마다 차이는 있는데…… 병은 아니니까 걱정할 필요는 없어. 배에서 내리면 금방 좋아질 테니까."

"……그래. 잘은 모르겠지만…… 배 때문이라는 거지?"

"응. 뭐, 그런 셈이지."

"그래…… 알았어."

그러자 이제야 의문이 풀렸다는 것처럼 리엘은 등을 돌렸다.

"잠깐 이 배를 가라앉히고 올게."

"……뭐?"

그리고 리엘은 갑판 구석의 바닥으로 이어지는 계단을 터벅터벅 내려갔다.

"잠깐— 기, 기다려! 얘들아! 리엘 좀 말려봐아아아아아!"

역시 배 위에서도 대소동이 벌어졌다.

시호크에서 출항한 지 몇 시간 후—.

마침내 배는 사이넬리아 섬에 도착했다.

"여기가 사이넬리아 섬이구나……."

반 친구들과 함께 자른 돌을 빈틈없이 쌓아서 만든 선착장 위에 내려온 시스티나는 감회 깊은 표정으로 주위를 살펴보았다.

바닷바람이 강하다. 시스티나는 바람에 나부끼는 머리카락과 치마를 손으로 누르면서 하늘을 우러러보았다. 웅대한 파도 소리. 하늘 위에서 들리는 건 갈매기의 울음소리. 이미 시간은 해가 저물 무렵이라 수평선에 걸린 태양이 세상을 진한 황금색으로 물들이고 있었다.

문득 시스티나는 섬의 중앙 쪽으로 시선을 돌렸다.

포물선처럼 솟은 섬의 중심부는 복잡한 계곡들이 모여서 울창한 자연환경을 이루고 있었다.

제국 본토에는 주로 침엽수림이 많지만 이 섬의 주체가 되는 식물은 독특한 형태의 나뭇잎을 가진 활엽수인 모양이었다. 이런 사소한 부분에서도 자신이 원래 살던 곳과는 멀리 떨어진 장소에 왔다는 실감이 들어서 시스티나는 가슴이 벅차올랐다.

시선을 돌려서 발밑부터 해안선을 따라 섬 끝까지 훑어보자, 완만하게 뻗은 백사장과 그 끝부분에 있는 아마도 관광객용으로 발전했을 터인 멋진 건물이 난립해있는 마을의 정경이 보였다.

그 순간—.

"선생님, 정신 차리세요……"

"아아…… 으으으……."

양쪽에서 루미아와 리엘의 부축을 받는 글렌이 비틀거리는 걸음걸이로 임시 계단에서 선착장까지 내려왔다. 그 비참한 꼬락서니를 보자마자 시스티나의 가슴 속을 왕래했던 감동과 감회가 모조리 날아갔다.

"정말이지…… 사람이 모처럼 감회에 젖어있는데, 정말 섬세함이라곤 눈곱만큼도 없으시네요."

"시, 시끄러어……. 하얀 고양이…… 네가 이 괴로움을 알겠냐……. 으으……."

글렌의 그 너무나도 한심스러운 모습에 먼저 내려온 학생들도 쿡쿡 쓴웃음을 흘렸다.

"애초에 말이다! 원래 인간은 대지와 함께 살아가는 생물이라고! 인간은 대지의 자식들이란 말이다! 위대한 대지를 벗어나면 살아가지 못해! 흙에 뿌리를 내리고, 흙과 함께 살아가면서 이윽고 흙으로 돌아가는 것이야말로 인간의 숙명……. 그것이야말로 흙에서 태어난 섭리의 윤회, 생명의 고리라고! 배 같은 납작한 나무판자에 타고 대지를 벗어나 바다로 떠나는 건 인간으로서, 생명으로서 근본적으로 잘못된 일이란 말이다~!"

"……고작 뱃멀미 가지고 황당무계한 소리를 다 하시네요."

용케도 그런 억지 이론이 입에서 술술 나온다 싶어서 감탄했다.

"선생님…… 그렇게 배가 싫으면 다른 장소를 고르지 그러셨어요. ……예를 들어 이텔리아의 군사 마도 연구소였다면 마차만 타고도 갈 수 있었을 텐데요."

루미아가 쓴웃음을 짓고 한 말대로 한 달 전 원정 수학 장소의 사전 희망 조사에서 군사 마도 연구소와 백금 마도 연구소가 같은 수의 지지표를 받았을 때, 마지막 한 표를 던진 것은 바로 다름 아닌 글렌 자신이었다.

이상하다는 듯 고개를 갸웃거리는 루미아에게 글렌은 보기 드문 진지한 얼굴로 이렇게 말했다.

"미소녀들의 수영복 차림은 그 무엇보다 우선시해야 할 가치가 있으니까. 남자라면 당연하잖아?"

오오오…… 하고 주위의 남학생들이 감탄했다.

미련한 것도 이 정도 경지까지 오면 오히려 존경스러운 법이다.

쓴웃음을 짓는 루미아, 기가 막힌 표정의 시스티나, 졸린 얼굴의 리엘을 무시한 글렌은 어깨에 걸치기만 한 로브를 한 차례 펄럭이면서 저녁놀에 불타는 수평선을 우수에 잠긴 눈으로 바라보았다.

"설령 여기가 삼국 분쟁의 최전선이더라도…… 난 여기를 선택했을 거다."

바닷바람에 로브가 나부끼는 모습은 쓸데없이 멋져 보였다.

……정말, 진심으로, 전혀 쓸데없이.

"서, 선생님…… 당신은 진짜 사나이예요……."

"전 평생 선생님만 따라가겠습니다……!"

하지만 그런 글렌의 등은 지극히 일부 학생들(주로 남자)의 눈물샘을 직격한 모양이었다.

마치 신앙에 목숨을 건 구도자 같은 그의 모습에 감격한 일부의 학생들은 뜨거운 눈물을 줄줄 흘렸다.

"정말이지! 진짜 바보들뿐이라니까! 아니, 그것보다 우리 반 남자애들은 선생님이 오시고 나서부터 왠지 점점 이상해지는 것 같지 않아?"

시스티나는 그런 남학생들의 모습에 일말의 불안을 느끼지 않을 수 없었다.

"선생님! 바보 같은 소린 그만하시고 어서 예약한 여관으로 가죠!"

시스티나와 학생들은 그 자리에서 부리나케 움직이기 시작했다.

여기서 예약한 여관까지 가는 길은 해안선을 따라 일직선으로 이어져 있으니 헤맬 걱정은 없었다.

"야, 야. 너희들 걸음이 너무 빠른 거 아니냐? 난 지금 반송장이나 다름없다고. 좀 봐주라 진짜……."

글렌도 한숨을 내쉬며 힘없이 느릿느릿 걸음을 내딛기 시작했다.

그 순간—.

루미아가 그런 글렌에게 다가와서 살짝 귓속말을 건넸다.

"될 수 있으면 저희를 군용 마술과 연관되게 하고 싶지 않으셨던 거죠? ……배려해주셔서 감사해요. 선생님."

"……그게 무슨 소리야? 난 너희들의 수영복 차림을 감상하고 싶었던 것뿐이다만."

글렌은 한순간 입을 다물더니 곧 토라진 듯 고개를 휙 돌려 버렸다.

"뭐, 애초에 말도 안 되는 가정이다만 예를 들어서 행여나 만에 하나라도 **그런 이유**에서였다면 내 고집을 너희들에게 강요한 것뿐이겠지. 그딴 건 선생이 할 짓이 아냐."

"그래도 선생님께서 저희를 배려해주셨다는 점에는 변함이 없는걸요."

"……그러니까 그런 게 아니랬잖냐."

루미아는 쿡쿡 하고 의미심장한 웃음을 흘렸다.

"알겠습니다. 그렇다는 걸로 해둘게요."

"……흥."

토라진 얼굴로 불쾌한 듯 코웃음 치는 글렌을 루미아는 솔직하지 못한 남동생을 바라보는 눈길로 쳐다보았다.

이번 원정 수학 중에 마술학원의 학생들이 묵을 예정인

여관은 사이넬리아 섬의 부둣가 근처에 있는 관광객을 위한 마을에 있었다.

제국의 역사 중에서도 『왈트리아조(朝)』라고 불리는 과거의 전성기 때 유행한 고풍스러운 건축 양식으로 건조된 이 여관은 본관과 별관으로 나누어져 있었고, 영지를 가진 지방 귀족이 세운 별장 같은 장엄함과 동시에 옛 시대의 풍취를 겸비하고 있었다.

그 건축 양식은 경사진 지붕이 특징적인 『사산조(朝)』 양식 ― 페지테의 건물에 주로 쓰이는 새로운 건축 양식 ― 과는 달리 아치형의 각종 의장과 첨탑, 돌기둥 등이 특히 인상적이었다. 참고로 마술학원도 이런 『왈트리아조』 양식으로 세워진 건물이다.

입구 쪽 홀의 높은 천장에 매달려 있는 호화로운 샹들리에, 떡갈나무로 만들어진 나선 계단의 난간에 새겨진 꽃과 과일 조각, 복도에 걸려 있는 그림, 황금 촛대, 융단…….

마술학원과는 전혀 다른 화려한 내부에 마음이 들뜨는 것을 느끼며 배정된 방에 들어온 순간, 카슈는 침대 위에 세차게 몸을 날렸다.

"야호~! 우왓?! 굉장해! 뭐야, 이 침대. 엄청 푹신하잖아! 내가 페지테 학생가에서 묵는 싸구려 하숙집의 침대와는 하늘과 땅 차이야!"

"참 나…… 시끄러운 녀석이군. 너무 소란 피우지 마."

"아하하. 너무 그렇게 날뛰다간 혼날지도 몰라, 카슈."

기가 막힌 표정의 기블과 쓴웃음을 지은 세실이 방으로 따라 들어왔다.

이 두 사람은 카슈와 같은 방을 쓰기로 되어 있었다. 이런 식으로 학생들은 대부분 서너 명씩 그룹을 나눠서 한 방으로 배정되었다.

"야, 기블. 이다음 예정은 뭐더라?"

카슈는 침대 위에서 뒹굴거리면서 질문했다.

"……사전에 받은 일정표를 보면 알잖아?"

기블은 안경을 올려 쓰며 대답하기 귀찮다는 듯 투덜거렸다.

"아니. 집에 놓고 왔거든."

"너란 녀석은……."

기블은 체념한 듯 한숨을 내쉬었다.

"오늘 예정은 이제 아무것도 없어. 모여서 식사하고 목욕한 후에 자는 것뿐이다."

"호오?"

"사실 내일도 마찬가지다. 출발하는 첫날을 포함한 3일간은 날씨에 따라 일정이 늦어지는 것을 고려해서 짠 이동시간이니까. 명목상으론 섬을 돌아다니면서 생태계와 레이라인을 조사하는 걸로 되어있지만…… 사실상 내일은 하루 종일 자유시간이라고 보면 되겠지."

"호오호오?"

"본격적인 원정 수학은 4일째부터다. 이번 원정 수학의 목적인 연구소 견학은 그날 이루어질 예정이야. 5일째는 종일 강의를 듣고 6일째도 자유시간. 섬을 돌아다니면서 관광 명소를 구경하는 건 이 날 하면 될 거다. 그리고 7일째에는 다시 해로와 육로를 거쳐서 페지테로 돌아갈 예정이지."

이상이 이번 『원정 수학』의 주된 일정이었다. 이 열흘 전후의 여정은 사실 『원정 수학』치고는 비교적 짧은 편이었다. 연구소의 위치에 따라서는 이동하는 데 시간이 걸리다 보니 보름이 넘게 걸리는 긴 여행이 되기도 했다.

"옳거니, 옳거니…… 좋아, 이해했어."

그러자 카슈는 의기양양한 미소를 지으면서 침대에서 내려왔다.

"연구소를 왕복하는 건 엄청 힘들 것 같으니 내일 밤에는 여유가 없어……. 5일째에 강의를 받은 후에도 마찬가지겠고……. 그렇다고 해서 6일째까지 기다리는 건 무리야……. 역시 일을 벌이려면 오늘밤에 없겠군……."

"응? 카슈, 너 대체 무슨 짓을 하려고?"

여자 같은 얼굴의 소년 세실이 의아한 표정으로 고개를 갸웃거리며 혼잣말에 끼어들었다.

"그야 뻔하잖아? 밤에 우리 반 여자애들 방으로 몰래 놀러 가는 거지! 이거야말로 마술학원 원정 수학의 전통 행사잖아!"

주먹을 굳게 쥐며 역설하는 카슈의 모습에 기블과 세실은 힘없이 고개를 푹 떨궜다.

　"저, 전통 행사였구나······."

　"······흥. 시시하기는."

　"시시하긴 뭐가 시시해! 이게 바로 남자의 로망이잖아! 난 이날을 위해 생활비를 절약해서 게임용 카드랑 보드게임까지 사 왔다고!"

　"그래도 들키면 위험하지 않을까? 선생님은 그렇게까지 엄격하게 굴진 않으실 것 같지만······."

　"훗····· 걱정할 필요 없어, 세실. 들키면 들키는 대로····· 바라던 바야. 난 저지르지도 않고 후회하는 것보다 일단 저지르고 나서 후회하는 걸 선택하겠어······."

　카슈는 이미 사지(死地)로 떠나기를 각오한 사나이의 표정을 짓고 있었다.

　"어때? 너희들도 같이 안 갈래?"

　"흥, 웃기지 마. 바보 같기는."

　"나, 나도 그만둘래······. 왠지 안 좋은 예감이 드니까······."

　"칫, 어쩔 수 없군. 하긴 애초에 너희는 이런 데 참가할 성격도 아니니까. 뭐, 나중에 로드랑 카이라도 꼬셔볼까······."

　그리고······.

　학생들이 넓은 방에서 함께 식사를 마치고 교대로 목욕을

끝낸 후—.

　때는 완전히 어두워진 밤— 취침 시간이었다.

　"그럼 작전을 결행한다."

　여관의 본관과 별관 사이에 있는 정원의 수풀 속에서 카슈가 선언했다.

　"우리 남학생들이 묵는 별관과 여학생들이 묵는 본관을 직접 연결하는 정원의 회랑…… 여기를 통해 이동하는 건 무리야. 누군가에게 목격당할 위험성이 지극히 높아."

　카슈의 뒤에 대기한 로드와 카이를 비롯한 총 일곱 명의 남학생들이 그 의견에 동의하듯 고개를 끄덕였다.

　"따라서 우리는 건물 뒤편의 잡목림을 우회하여 나무를 타고 창문에서 방으로 침입하는 수밖에 없어. 안심해. 이동 루트와 누가 어느 방에 있는지는 사전 조사를 마쳤으니까."

　"어, 어느 틈에……."

　"과, 과연 카슈…… 빈틈이 없구나."

　카슈의 얼굴에 감탄하는 시선이 모였다.

　"그, 그치만 글렌 선생님이 순회하고 있을 가능성은……?"

　"그 점도 문제없어. 일부의 협력적인 여자애한테 은근슬쩍 정보를 얻어냈거든. 앞으로 30분 동안 글렌 선생님이 잡목림 주위를 순찰할 가능성은 한없이 제로에 가까워."

　"굉장해…… 와, 완벽하잖아……?!"

"혀, 형님이라고 불러도 될까……?"

"훗, 아직이야. 고마워하는 건 아직 일러……."

카슈는 씨익 웃었다.

"모든 건 여자애들 방에 숨어 들어가 꿈 같은 하룻밤을 보낸 후에…… 내 말이 틀려?"

"그, 그랬었지……. 난…… 리엘이랑 밤새서 주사위 게임을 할 거야……."

"뭐?! 치사해, 카이! 나도 껴줘!"

"시사, 난 루미아랑 트럼프 게임을 하면서 놀 거다!"

"그래, 빅스. 나도 이 기회에 린이랑 실컷 이야기를 해볼 거야!"

"웬디 님께 「이 무례한 것!」이라고 매도당하고 싶어……. 왕 게임에서 노예처럼 혹사당해보고 싶어……."

"시스티나는…… 뭐, 제쳐놓자. 어차피 시끄럽게 설교나 들을 테니."

""""응, 응.""""

"자, 가자! 모두들, 마음의 준비는 됐겠지?! 낙원(에덴)은 바로 눈앞에 있다고!"

""""오오!""""

카슈를 앞장세운 남학생들은 서슬 퍼런 기세로 행동을 개시했다.

……

……그야말로 훌륭했다.

카슈가 식사까지 거르고 사전 조사를 한 결과는 멋지게 결실을 거두었다.

건물 뒤편의 잡목림을 학생이라는 생각이 들지 않는 멋진 솜씨로 돌파하는 그 모습은 마치 제국군의 특수부대를 방불케 했다.

이 모든 것은 하다못해 오늘 하룻밤만이라도 여자애들과 함께 알콩달콩 놀고 싶다는 사춘기 소년의 욕망과 집념을 완전히 해방한 덕분이었으리라.

그러나—.

"마, 말도 안 돼……?!"

도중에 숲 속에서 드러난 원형으로 트인 공간에서—.

"어, 어떻게 당신이 여기에…… 글렌 선생님!"

두둥!

마치 이 순간을 기다려왔다는 듯 글렌이 팔짱을 낀 채 당당하게 서 있었다.

"물러……. 물러 터졌다고 너희들은. 제철 홍시보다도 무르다 못 해 물러 터졌어……. 이 몸은 너희들의 생각쯤은 처음부터 꿰뚫어봤다고? —여하튼."

글렌은 의기양양하게 웃고 남학생들을 위풍당당한 자세로 흘겨보며 말했다.

"내가 너희들이었다면 반드시 이 루트로, 이 타이밍에, 오늘 밤, 여자애들을 만나러 갔을 테니까!"

"예, 그러시겠죠~."

아무런 거리낌도 없는 글렌의 당당한 선언에 카슈는 한숨을 내쉬었다.

"뭐, 그런고로…… 방으로 돌아가. 일단 이건 규칙이니까."

"……"

"뭐, 걱정하지 마라. 이런 걸로 일일이 학원에 보고하지는 않을 테니까. 못 본 척해주마. 그러니—"

글렌이 등을 돌리고 손을 휘휘 흔든 순간이었다.

"그렇게는 못 합니다……. 글렌 선생님."

카슈가 내뱉은 결의가 깃든 한 마디가 모두의 시선을 모았다.

"……뭐라고?"

"남자에게는 물러날 수 없는 순간이 있는 법……. 우리에게는『지금』이 바로 그 순간이니까요……."

"……"

글렌의 표정이 어느새 진지해졌다.

"그런가……. 너희들은 이미『각오』를 하고 왔다……, 이거군?"

그 자리에 긴장감이 감돌기 시작했다.

"안타깝게 됐군. 그렇다면 난 교사로서 너희들을 실력으로 배제할 수밖에 없다만……."

"선생님—!"

주먹을 굳게 쥐고 권투 자세를 취한 글렌에게 카슈가 필사적으로 호소했다.

"당신은 이쪽의 인간일 텐데요! 당신은 우리가 『에덴』을 갈구하는 이유를— 학원의 어른 중 그 누구보다도 깊게 이해하고 계시지 않습니까! 그런데 어째서! 어째서 우리의 앞길을 막아서는 겁니까! 왜 우리가 싸워야만 하는 겁니까—!"

카슈의 영혼이 서린 절규는 글렌의 마음을 파고들었다.

"이 바보 같은 녀석! 알아…… 나도 안다고! 그런 부럽고 발칙한 이벤트, 오히려 내가 솔선해서 하고 싶을 지경이다! 하지만! 하지만 말이다!"

쿠웅!

옆에 있는 나무를 주먹으로 때린 글렌의 뺨을 타고 뜨거운 눈물이 흘러내렸다.

"이젠, 무리야……. 이제 난 너희들 쪽으로는 돌아갈 수 없는 몸이다……. 나는 마술학원이라는 감옥에 갇힌 강사라는 이름의 노예……. 만에 하나라도 너희들이 『에덴』으로 가는 걸 놓쳤다는 게 학원에 알려진다면……, 그렇지 않아도 계속 감봉당하느라 바닥을 보인 내 월급이 마이너스까지 떨어져서 오히려 학원에 돈을 내야 할 테니까……."

이번에는 눈물을 거칠게 훔친 글렌이 영혼이 서린 목소리로 절규했다.

"인간은 먹는 것만을 위해 사는 게 아니야……. 하지만 먹는 게 없으면 인간은 살아갈 수조차 없단 말이다!"

비통한 외침이 숲 속에 메아리쳤다.

이번에는 그 말이 학생들의 마음을 비수처럼 후벼 팠다.

"이제 알겠지? 주님께서 만드신 모형 정원인 이 세계야말로……『지옥^{게헨나}』이라는 사실을……."

"『게헨나』에서 발버둥 치고 있기에…… 인간은『에덴』을 갈구하기 마련이거늘……. 선생님, 당신은 가엾은 사람이었군요. ……그래도 당신은 저희 앞에서 비켜서지 않으실 테죠?"

"……그래."

이 자리에 있는 모든 이들은 벅차오르는 감정을 주체하지 못하고 뜨거운 눈물을 흘렸다.

이제부터 벌어질 사투를 예감하며 숲이 정적에 휩싸였다.

"알고 있었습니다, 선생님……. 당신이 우리가 넘어서야만 할 벽이라는 것쯤은……."

"만약 입장이 달랐다면…… 태어나는 시대가 달랐다면…… 나도 너희들과 어깨를 나란히 하고『에덴』을 갈구했을지도 모르겠구나. ……이제 와서는 전부 무의미한 말이겠지만."

"……."

"……."

소용돌이치는 긴장감이 한없이 고조된다.

그리고 마침내—.

"가자! 얘들아! 나를 따르라! 글렌 선생님을 해치우는 거야!"

"홋…… 어디 덤벼 봐라! 주문 영창 시간이 마술 전투의 전부가 아니라는 사실을 가르쳐주마!"

남학생들은 카슈를 중심으로 흩어졌고 글렌은 세 소절로 주문을 영창하기 시작했다.

……그런 남자들의 모습을—.

"……남자라는 건 참 바보 같아."

여관 본관의 옥상 테라스에서 턱을 괴고 응시하는 자가 있었다.

시스티나였다. 편한 네글리제 차림에 막 목욕을 마친 몸에서는 아직 살짝 김이 피어오르고 있었다. 그 열기를 식히려고 옥상에 올라왔더니…… 마침 밑에서 웃기지도 않는 해프닝이 벌어지고 있었던 것이다.

"뭐가 시작된 거야? 시스티."

"바보들이 쓸데없는 고집 때문에 장난치면서 노는 중."

같이 옥상에 올라온 루미아가 아래를 내려다보자 숲 속에서 흑마 【쇼크 볼트】의 섬광이 고함과 비명과 함께 여기저기로 뻗어 나가고 있었다.

"저, 전혀 안 맞아!"

"제길! 더럽게 잽싸네……!"

"푸하하하! 맞지만 않으면 전혀 문제 될 건 없다!"

카슈 일행은 한 소절 영창으로 글렌에게 맹공을 퍼부었다.

하지만 역전의 마도사 글렌은 나무 사이를 뛰고 구르며 카슈 일행의 주문을 간파하고 체술을 구사해 피해 다니면서 세 소절 주문을 영창했다.

글렌이 날린 반격의 【쇼크 볼트】를 맞고 한 학생이 단말마를 지르며 쓰러졌다.

"아, 알프으으으으으으으?! 정신 차려! 알프으으으으으으으!"

"카, 카슈…… 나, 난 이미……."

"이 바보 녀석! 상처는 크지 않아! 같이 가는 거잖아?! 『에덴』으로! 이런 데서 죽을 때가 아니잖아!"

"부, 부탁이다……. 카슈…… 『에덴』을…… 우리가 애타게 원해왔던 『에덴』을……! 내 시체를 넘어서…… 내 몫까지…… 『에덴』을…… 보고…… 와……, ……."

"아알프으으으으으으으으으으으으으으으으으으으으! 난 대체, 뭘 위해 싸우고 있는 거냐아아아아아아아아아아아아아!"

완전히 힘을 잃고 축 늘어진 알프를 껴안은 카슈의 통곡이 숲 속에 애달프게 울려 퍼졌다.

"【쇼크 볼트】 정도로 사람이 죽을 리가 없잖아. 10분만 지나면 멀쩡하게 눈을 뜰 텐데."

시스티나는 그런 아래쪽의 뜨거운 광경을 보고서도 계속 차가운 태도를 고수했다.

"그건 그렇고 선생님은…… 쓸데없을 정도로 멋진 움직임이네. 그렇지 않아도 다수와 마술 전투를 벌이는 불리하기 짝이 없는 상황인데…… 정말이지, 이럴 때만 진심을 내보인다니까……."

"아하하…… 선생님답네……."

루미아가 쓴웃음을 흘린 순간이었다.

시스티나는 리엘이 발돋움을 한 채 테라스 밑을 가만히 내려다보고 있는 것을 깨달았다.

"아~ 리엘? 저기…… 날뛰면 안 된다? 지금 저건…… 뭐랄까…… 선생님이랑 싸우는 게 아니라…… 노는 중이라고 해야 하나……."

얼마 전에 리엘이 묻지도 따지지도 않고 할리를 검으로 베어버리려 했던 사건을 떠올린 시스티나는 내심 크게 당황했다.

"……응, 괜찮아. 아무 짓도 안 해."

하지만 뜻밖에도 리엘은 순순히 그렇게 대답했다.

"왜냐하면 쟤네들한테는 나쁜 느낌이 안 드니까."

아무래도 리엘은 글렌을 공격하는 인간에게 무턱대고 덤비는 건 아닌 모양이었다. 아마 인간의 악의나 적의와 같은 부류의 감정에 남들보다 훨씬 민감한 것이리라.

자기도 모르게 안도의 한숨을 내쉰 시스티나는 다시 아래의 상황을 지켜보았다.

"하하하! 어떻게 된 거냐! 너희들의 힘은 그 정도— 어? 아니, 야?! 잠깐 기다려! 너희들, 그런 식으로 대열을 짜서 덤비는 건 반칙— 으갸아아아아아아?! 아야야, 아파! 아프다고!"

'정말이지, 대체 뭘 하고 있는 건지.'

시스티나가 기가 막힌 한숨을 내쉰 그 순간이었다.

"저렇게 즐거운 글렌…… 처음 봤어……."

리엘이 작은 목소리로 불쑥 그런 말을 꺼냈다.

"그래? 학원에서는 대충 늘 저런 느낌인데?"

"옛날에는…… 더 어두웠어."

"……리엘?"

"그래서 내가 곁에서 지켜줘야 한다고…… 그렇게 다짐……했었는데."

리엘의 얼굴은 평소와 다름없이 무표정해서 그 말에 어떤 감정이 담겨있는지 시스티나로서는 읽어낼 수가 없었다.

그런 부분에 민감한 루미아는 방금 리엘이 한 말을 못 들은 모양이었다. 싱글벙글 웃으면서 글렌과 남학생들의 장난을 지켜보고 있었다.

"저기…… 리엘?"

뭐라 말을 걸어야 할지는 잘 모르겠지만 그래도 시스티나가 리엘에게 말을 걸려고 한 순간—

"어머나, 세 분. 이런 데 계셨군요. 찾아다녔지 뭐예요."

옥상으로 이어지는 문이 열리고 웬디가 모습을 드러냈다.

"아, 웬디. 무슨 일이야?"

루미아는 건물 아래에 있는 글렌 일행에게서 눈을 떼고 웬디 쪽을 돌아보았다.

"예. 지금부터 저희 방에 모여 다 같이 카드 게임이라도 할까 싶어서 여러분을 찾고 있었답니다."

그리고 웬디는 리엘 쪽을 힐끔 쳐다보고 미소 지었다.

"저기…… 리엘? 당신도 어떤가요? 저희와 카드 게임이라도 하지 않겠나요?"

처음 만났을 무렵의 어색함은 거의 자취를 감추고 있었다.

"카드? 노는 거야? ……나도 같이?"

리엘은 그 졸려 보이는 눈을 몇 차례 깜빡거리며 어딘지 모르게 흥미진진한 분위기를 내비쳤다.

"예, 물론이죠."

"……응. 알았어. 뭔지는 잘 모르겠지만…… 놀게."

"후후, 그럼 같이 가죠."

웬디는 우아하게 발걸음을 돌렸고 리엘은 그 뒤를 따랐다.

"다행이다……. 리엘, 이제 반 애들이랑 완전히 마음을 터놓은 것 같네."

"응? 아…… 응. 그런 것, 같아……."

기쁜 얼굴의 루미아에게 시스티나는 약간 모호한 말투로

대답했다.

"자, 우리도 가자. 시스티."

"……응."

루미아를 따라 시스티나도 옥상을 뒤로했다.

'응…… 기분 탓일 거야……. 기분 탓…… 예상보다 일이 원만하게 흘러가서 그렇게 느낀 것……뿐이겠지?'

조금 전에 리엘에게서 느낀 일말의 불안감.

그 불안감의 정체는 알 수 없었지만…… 시스티나는 애써 그 감정을 잊기로 했다.

제4장 즐거운 한때의 시작과 끝

　어떤 자들은 밤늦게까지 마음껏 놀면서 담소를 나누었고, 또 어떤 자들은 밤새워 격렬한 투쟁을 벌였으며, 또 어떤 자들은 내일을 대비해 일찍 쉬기도 하면서 제각각 사이넬리아 섬에서의 첫날밤을 보냈다.

　그리고—.

　끝없이 펼쳐진 푸른 하늘. 찬란하게 빛나는 태양. 뜨겁게 달궈진 백사장.

　맑은 파도 소리와 함께 밀리고 밀치며 다양하게 변화하는 파도의 색.

　그런 사이넬리아 해변에는 여러 소년소녀가 있었다.

　글렌이 담당하는 반의 학생들이다.

　"야호~ 시스티~."

　물이 튀어 오르며 수영복 차림의 루미아가 바닷속에서 모습을 드러냈다.

　파란색과 하얀색 줄무늬가 귀여운 비키니 수영복 차림.

　그 우아하고 아름다운 몸매의 요염한 곡선을 따라 흐르는 물방울.

바닷바람을 타고 퍼지는 물보라가 햇빛을 받아 반짝반짝 빛나며 천진난만한 미소로 손을 흔드는 루미아의 모습을 아름답게 채색했다.

"물이 시원해! 시스티랑 리엘도 어서 들어와!"

"응, 알았어! 지금 갈게!"

모래사장의 한 곳에 모아둔 반 친구들의 짐을 정리하던 시스티나는 자신의 몸을 완전히 가리고 있던 긴 수건을 벗어 던졌다.

갑자기 모습을 드러낸 조신한 곡선이 청초하게 느껴지는 슬랜더한 육체.

허리에 감은 꽃무늬 팔레오가 인상적인 비키니 수영복 차림.

밝은 태양 아래에서 투명할 정도로 하얗고 탄력 있는 건강한 살결을 아낌없이 드러낸 그 백자 색 피부가 다른 이들에게는 그저 눈부시기만 할 따름이다.

수영복 차림의 시스티나는 루미아가 수영하고 있는 곳을 향해 기운차게 달려갔다.

그리고 파도가 밀려오는 위치에 쪼그려 앉아 물이 밀려나는 모습을 가만히 지켜보고 있던 리엘 옆에 멈춰 서서 그녀에게 손을 내밀었다.

리엘도 수영복 차림이었지만 루미아와 시스티나 같은 화려한 수영복이 아니라 아무런 장식도 없는 수수하고 촌스러운 군청색 원피스 수영복(학원의 수업용 수영복)을 입고 있었다. 하지만 시스티나보다도 평탄한 몸매의 그녀가 입자 오히려 그 평탄한 곡선이 강조된 덕분에 나이 어린 소녀에게서만 느껴지는 청렴한 매력을 발산하고 있었다.

"자! 같이 수영하자, 리엘."

"······응."

리엘은 잠시 그 손을 가만히 쳐다보더니······ 곧 조심스럽게 시스티나의 손을 잡고 일어났다.

그리고 시스티나가 손을 잡아당기는 대로 따라서 바닷속으로 들어갔다.

새하얀 보석 같은 파도가 넘실거렸다.

"루미아, 리엘. 【트라이 레지스트】는 제대로 부여하고 왔어?"

"그야 물론. ······나도 살이 타는 건 좀 싫으니까."

"난 안 했어. ······귀찮아서."

리엘이 그렇게 중얼거리자 바로 시스티나가 설교에 들어갔다.

"그럼 안 돼! 리엘! 귀찮아하지 말고 제대로 인챈트하고 와야지!"

"······살이 타는 것쯤은 괜찮아."

"그럼 모처럼 예쁜 피부가 아깝잖아. 살을 태울 셈이라도 제대로 약을 바르지 않으면 피부가 상할 뿐인데······ 자, 내가 인챈트해줄 테니까 가만히 있어."

"……응."

그리고 그런 세 사람의 뒤에서 목소리가 들려왔다.

"거기 있는 세 분~ 저희랑 같이 비치발리볼이라도 하지 않으시겠어요~?"

"저기…… 같이 놀면 더 즐거울 테니까……."

손에 공을 든 매우 균형 잡힌 몸매를 자랑하는 웬디와 키가 작은 것치고는 양호한 성장세를 보이는 린의 목소리였다. 당연히 둘 다 수영복 차림이었다.

"……여, 여기가 바로『에덴』이었던 건가?!"

카슈와 로드와 카이 등 반 남학생들은 그런 광경을 앞에 두고 감격한 나머지 눈물을 흘렸다.

"초조해하지 않아도『에덴』은 곧 우리 앞에 모습을 드러낼 테니 오늘은 물러가라……. 전부 선생님 말씀대로였어……."

"죄송합니다, 선생님……. 저희가…… 저희가…… 생각이 짧았습니다……!"

"그런데도 우리는 선생님께 실컷 주문을 퍼부어댔다니……! 바로 눈앞의 일에만 정신이 팔려서……!"

"감사합니다, 선생님……. 부디 저 세상에서 편히 잠드세요……. 저희를 계속 지켜봐 주시길……."

카슈 일행이 올려다보는 푸른 하늘에 글렌의 상쾌한 미소가 환영처럼 떠올랐지만—.

"아니, 나 아직 안 죽었거든?"

토라진 듯한 글렌의 목소리가 자신들만의 세계에 빠져있는 남학생들의 뒤에서 들려왔다.

수영복을 입은 남학생들과 달리 평소처럼 셔츠와 바지, 넥타이 차림에 로브를 대충 어깨에 걸친 글렌은 모래사장 위에 세운 파라솔 아래 깔린 시트 위에서 기운 없이 누워 있었다.

"날 멋대로 죽이지 마. 아니, 그것보다 너희들. 그렇게 내가 싫은 거냐."

"아뇨. 뭐랄까…… 흐름상 자연스럽게 이런 분위기가……."

"그런데 선생님은 수영 안 하세요?"

"멍청아, 하고 싶어도 몸이 아파서 못 해……. 아직도 몸 여기저기에 찌릿찌릿한 감각이 남아있으니까 말이지……."

흑마 【쇼크 볼트】의 위력을 조절하며 학생들의 몸에 대미지가 쌓이지 않도록 배려해서 의식을 날려도, 몇 번이나 집요하게 부활해서 덤벼드는 결사적인 공격에 하룻밤 내내 시달린 탓이다.

오리지널 【광대의 세계】를 발동했다면 그렇게 고생할 필요도 없었겠지만, 아무래도 현역 시절에 외도 마술사를 몇 명이나 죽여 온 피에 젖은 암살 마술을 학생들에게 쓰는 건 거부감이 들었다. 예전에 시스티나의 결투 신청을 받았을 때와 마찬가지로 이건 글렌의 개인적인 고집이나 다름없었다.

"참 나, 정도껏 할 것이지. ……좀 봐주면 어디 덧나냐. ……비살상용 주문인데도 진심으로 죽는 줄 알았다고?"

"아, 아하하하…… 여러모로 죄송합니다……."

투덜투덜 원망 섞인 말을 흘려대는 글렌 앞에서 남학생 일동은 반론할 여지가 없는 모양이었다.

"뭐, 됐다. 오늘은 종일 자유시간이다. 마음껏 놀고 와. 하암…… 난 여기서 자고 있을 테니까. ……무슨 일이 생기면…… 부르고……."

"예! 선생님!"

남학생들은 그렇게 대답하고 기세 좋게 바다로 달려갔다.

"넌 안 가냐?"

그런 가운데 글렌은 근처의 야자수 그늘로 시선을 돌렸다.

"당연하죠. 애초에 저희는 놀러 온 게 아닙니다만?"

그곳에서는 기블이 나무에 등을 기대고 앉아 있었다.

노는 학생들에게는 눈길도 주지 않고 마술 교과서를 펼쳐서 읽고 있었다. 당연히 수영복이 아니라 평소와 다름없는 교복 차림이었다.

"고지식하긴……. 넌 어깨 힘을 좀 빼는 게 좋을 거다……."

"……흥. 쓸데없는 참견입니다."

기블은 코웃음을 친 후 다시 교과서에 몰두했다.

"나 원 참."

글렌도 더 이상 뭐라 하지는 않았다. 그대로 눈을 감고 본격적으로 낮잠을 즐기려 했다.

그 순간—.

"선생님~."

누군가가 달려오는 기척.

"……응?"

목소리만 듣고도 누구인지는 알았지만 일단 한쪽 눈을 떠서 상대를 확인해봤다.

예상했던 대로 손을 흔들면서 위태롭게 달려오는 루미아와…… 리엘의 손을 잡고 걸어오는 시스티나가 시야에 들어왔다. 늘 함께 있는 3인조다.

"무슨 용건이라도? 호오호오, 그건 그렇고 참 감탄스러운 광경이로구만……."

매혹적인 세 사람의 복장을 본 글렌은 악당처럼 웃었다.

"그, 그렇게 빤히 쳐다보지 마시라구요……."

시스티나는 팔로 몸을 가리며 퉁명스럽게 몸을 움츠렸다. 뺨이 살짝 빨갛게 달아오른 얼굴로—.

"아하하, 선생님도 참…… 어떠세요? 이 수영복, 괜찮나요?"

줄무늬 비키니 수영복 차림의 루미아가 글렌 앞에서 여봐란듯 천진난만하게 한 바퀴 회전했다.

"그래, 엄청 잘 어울리네. 진짜 귀여운걸."

"후후, 칭찬해주셔서 고맙습니다. 선생님."

루미아는 기쁜 얼굴로 웃었다.

"하얀 고양이, 너도 센스가 꽤 좋은데? 난 맘에 들었다."

"시, 시끄러워요! 따, 딱히 당신한테 보여주려고 산 건—."

글렌이 아무렇지 않게 칭찬을 건네자 시스티나는 머리가 폭발하지 않을까 걱정될 정도로 얼굴이 새빨개졌다.

이 날을 위해서 루미아와 둘이서 일부러 새로 산 수영복은 제국에서도 유행의 최첨단을 달리는 디자인의 수영복이었다. 입은 본인들의 외모도 워낙 뛰어나다 보니 이 일대가 마치 천사와 요정들의 사교장이라도 된 것처럼 화사하게 변모했다.

제아무리 글렌이라도 그런 광경 앞에서는 평소처럼 빈정거릴 기분은 들지 않았다.

그러자 루미아와 시스티나를 보고 있던 리엘이 어째선지 글렌의 앞으로 한 걸음 나서서 의미심장한 눈으로 그를 쳐다보기 시작했다.

"……응? 왜 그래? 리엘."

"……"

리엘은 살짝 가슴을 펴고 침묵을 관철했다. 뭔가를 기대하는 느낌이었지만…….

"야, 말을 안 하면 모르잖아."

"……아무것도 아니야."

글렌의 반응이 영 시원찮은 것을 보고 리엘은 맥없이 뒤로 물러났다.

기분 탓인지 아주 약간 풀이 죽은 분위기였다.

"……?"

글렌은 그런 영문을 알 수 없는 리엘의 행동에 고개를 갸웃했지만 곧 등을 돌리고 화를 내는 시스티나와 쓴웃음으로 그녀를 달래는 루미아에게 말을 걸었다.

"그런데…… 너희들, 나한테 대체 무슨 용건인데? 다른 애들이랑 노는 거 아니었냐?"

"아, 그게 말이죠. 지금부터 다 같이 비치발리볼을 할까 하는데…… 선생님도 같이하지 않으시겠어요?"

"비치발리볼?"

글렌은 노골적으로 의욕이 없는 목소리로 중얼거렸다.

"비치발리볼이라……. 아니, 딱히 그런 게 싫은 건 아닌데……. 난 어젯밤 내내 꼬맹이들을 상대하느라 피곤하달까……. 이 기회에 잠 좀 자고 싶다만……."

"아, 아하하…… 고생하셨어요, 선생님. 그럼 대신 심판이라도 봐주시면 안 될까요? 역시 다 같이 노는 편이 더 즐겁잖아요. ……그리고 저도…… 선생님이랑 같이 놀고 싶은데……."

귀여운 소리를 하는 제자의 모습에 글렌은 어쩔 수 없다는 듯 머리를 긁으며 일어났다.

"참 나, 어쩔 수 없군. 그렇게까지 말하니…… 내키지는 않는다만, 심판 정도는 봐줄까……."

그리고…….

모래사장 위에 만들어진 즉석 비치발리볼 경기장에서―.

"으라차아아아아아아아아아아아아아!"

글렌은 네트 위로 크게 도약해 활처럼 젖힌 온몸의 탄력을 이용해서 오른팔로 공중에 뜬 공을 내리쳤다.

적진으로 용서 없이 작렬하는 총알 같은 스파이크.

로드가 막으려고 점프했지만 그 스파이크는 로드의 블록을 뚫고 날아갔다.

반사적으로 카이가 리시브를 하려고 했으나 당연히 닿지 않았다.

《보이지 않는―.》

세실이 공이 떨어지는 지점을 노리고 백마(白魔)【사이 텔레키네시스】― 물체를 원격으로 조작하는 주문을 영창해서 그 스파이크를 막으려 했지만 그 또한 이미 늦었다.

공은 모래를 터트리는 기세로 코트 안에서 튀어 올랐다.

"게임 셋! 글렌 선생님 팀의 승리예요!"

"조오오오오았어! 내 실력이 어떠냐!"

"음~ 선생님네 팀, 엄청 강하네……."

심판을 맡은 루미아의 선언에 글렌은 승리의 포즈를 취했고 세실은 쓴웃음을 흘렸다.

"뭐가 심판 정도는 봐주겠다는 거야. 완전히 의욕이 넘치면서⋯⋯."

글렌의 어른스럽지 못한 활약상에 시스티나는 평소와 다름없는 새치름한 눈초리로 어이가 없다는 듯 한숨을 내쉬었다.

글렌은 그 누구보다도 많은 모래와 땀으로 범벅이 되어있었다.

"훗! 나이스 어시스트다! 하얀 고양이! 기블! 우리의 승리라고?!"

"흥, 당연하죠. 바로 이 제가 속한 팀이니까요. 카슈 정도는 아니지만, 저도 운동은 제법—."

안경을 올려 쓰면서 자랑스러운 듯 말을 꺼냈지만.

"—아니, 왜 나까지?!"

자기도 모르게 비치발리볼에 참가하게 된 기블의 절규가 모래사장에 메아리쳤다.

"뭐, 어떠냐. 마침 사람도 모자랐는데."

어택커와 리시버와 서포터 셋이서 한 팀을 구성. 포지션은 한 게임마다 돌아가면서 담당. 리시버는 백마【사이 텔레키네시스】로 상대의 스파이크를 막아도 무방. ⋯⋯이게 바로 마술학원식 비치발리볼의 규칙이었다.

"큭! 우린 놀러 온 게 아니라고요! 이럴 시간이 있으면 차라리—."

"호오? 도망치는 거냐?"

어깨를 들썩이면서 떠나려고 하는 기블의 등에 글렌이 도발적인 말투로 말을 걸었다.

"뭐, 어쩔 수 없지. 다음 대전 상대는 제비뽑기의 여신님이 장난을 쳐서 만들어진 우리 반 최강의 치트 팀이니까. 지는 게 싫다면 도망치는 것도 타당—."

"아, 아니에요! 그런 게 아닙니다! 좋습니다! 그렇게까지 말씀하신다면 마지막까지 어울려 드리죠! 어차피 제가 있는 팀이 이기는 게 당연할 테니까요!"

"자, 자. 둘 다…… 모처럼 노는 건데 싸우지는 말고……."

정말 어린애들 같기는…….

시스티나는 한숨을 쉬어가며 글렌과 기블의 사이를 중재했다.

"그건 그렇고 다음 상대는 정말로 강적이네요……."

시스티나는 힐끔 다음 대전 상대들을 돌아보았다.

첫 번째는 인간의 범주를 벗어난 신체능력을 자랑하는 리엘.

두 번째는 리엘을 제외하면 반에서 가장 운동신경이 뛰어난 카슈.

그리고 마지막 세 번째는—.

"살살 부탁드려요."

손을 합장하고 부드럽게 웃는 2반의 서글서글한 누님 테레사였다.

겉모습은 운동과 인연이 없어 보이는 소녀지만 백마【사이 텔레키네시스】등의 염동 계열 백마술은 반에서 제일가는 실력자다. 실제로 얼마 전의 마술 경기제에서도 대활약을 했고, 이 비치발리볼 시합 중에서도 테레사가 리시버를 맡았을 때는 단 한 번도 점수를 허용하지 않았다.

"그래, 정말로 강적이군……."

글렌은 방긋방긋 미소를 보내는 비키니 차림의 테레사를 쳐다보았다.

테레사는 발육이 굉장하다. 도저히 열대여섯 살의 소녀라는 생각이 들지 않을 정도로 건강하고 매혹적인 동시에 풍만한 스타일을 자랑했다. 테레사가 폴짝폴짝 뛸 때마다 모델에게도 전혀 뒤지지 않는 굴곡진 몸매가 이리저리 발칙하게 흔들리는 바람에 상대편 남학생들의 시간이 멈춘 결과, 손쓸 새도 없이 당하고 만 것이다.

"혹시 저건― 정신 공격 계열이나 시간 조작 계열 마술인가?"

"……지금 뭘 보고 말씀하시는 거죠?"

생사를 가르는 수라장에서 적이 사용하는 비술의 약점을 찾는 마도사의 얼굴이 된 글렌에게 시스티나는 새치름한 눈초리로 뾰로통하게 말을 걸었다.

"……왜, 왜요?"

그러자 글렌은 테레사에게서 시선을 돌려 시스티나를 무

례한 시선으로 쳐다보았지만…….

"……하아~."

곧 노골적으로 어깨를 늘어트리며 한숨을 내뱉었다.

"그, 그, 그 한숨은 또 뭐냐구요?!"

……이러니저러니 해서 글렌 팀과 테레사 팀의 시합이 시작되었다.

"선생님!"

시스티나는 늘씬한 몸을 뻗으며 토스를 올렸다.

"좋아! 죽어라아아아아아아아아아!"

즉시 글렌이 도약해서 역시 어른스럽지 못하게 온 힘을 다한 스파이크를 적진에 날렸다.

그러나―.

"《보이지 않는 손이여》―!"

테레사가 공을 향해 주문을 외우자 공은 모래에 닿지 못하고 위로 두둥실 떠올랐다.

"컥?! 또 막았어?!"

"리엘! 가라!"

카슈가 침착하게 토스를 올리자 ― 역시 운동 신경이 좋은 카슈의 토스는 절묘한 위치로 떠올랐고 ― 리엘은 의욕 없는 태도로 그 공을 향해 도약.

"에잇."

그리고 퍼어어엉! 하며 마치 공이 터지는 듯한 묵직한 소리.

이어서 콰아아아아아앙! 하고 모래들이 성대하게 기둥처럼 솟구치는 소리가 울려 퍼졌다.

정신을 차리고 보니 글렌 팀 코트의 한복판에는 공이 절반 이상 바닥에 박혀 있었다.

"……이걸 어쩌라고?"

글렌의 뺨이 경련을 일으켰다.

리엘을 중심으로 기뻐하는 적진과는 반대로 글렌의 팀에는 마치 장례식장 같은 분위기가 감돌았다.

"……젠장! 저런 파리를 쫓는 동작으로 어떻게 이런 위력이 나오는 거지?!"

기블은 분한 듯 혀를 찼다. 평소의 침착한 태도와는 완전히 딴판이다. 이 무더위에 영향이라도 받은 건지 그의 기세는 게임을 진행할수록 점점 뜨거워졌다.

"역시 무리였나 보네……. 이번에는 아무래도 상대가 나빴—"

시스티나는 쓴웃음을 지으며 벌써 경기를 포기한 태도를 보였다.

"웃기지 마! 이대로 질까 보냐!"

하지만 곧 기블의 예상을 벗어난 반응에 놀라서 눈을 깜빡거렸다.

"선생님! 제가 어떻게든 막을 테니까 슬슬 점수를 내주세요! 아까부터 대체 뭡니까. ……당신이 그러고도 저희의 강사입니까?!"

"흥…… 그렇게 나와야지……."

글렌은 씨익 웃었다.

그 어떤 때라도 승부에 뜨거워지는 것은 마술사의 본성이다. 기블 역시 예외는 아니었다.

반의 모두가 이미 경기의 승패가 정해졌다는 듯 착각하는 가운데—.

"승부는 이제부터다."

글렌은 모래에서 공을 꺼내 서브를 올렸다.

…….

"좋아! 또 한 방 날려! 리엘!"

"에잇."

리엘이 살인 스파이크를 날린다.

공이 마치 대포알처럼 글렌 팀의 코트를 향해 일직선으로 떨어졌다.

"왔다! 기블!"

"큭, 《보이지 않는 손이여》—!"

대답 대신 기블은 모든 마력을 담아 주문을 영창했다.

코트 어디에 떨어져도 막을 수 있도록 넓게 펼치면 리엘의 스파이크는 그 마력을 간단히 파훼하고 만다. 하지만 조금 전부터 관찰한 결과, 리엘이 노리는 건 코트 한가운데뿐. 목표를 알고 있으니 처음부터 그쪽에만 마력을 집중한다면—.

""""아, 아니?!""""

리엘의 스파이크가 기블의 주문에 막혀서 아슬아슬하게 공중으로 떠올랐다.

리엘의 스파이크가 막힌 건 처음이라 카슈 팀의 반응이 늦어진 결과—.

"선생님! 부탁해요!"

그 틈에 시스티나가 재빨리 토스를 올리고—.

"으라차아아아아아아아아!"

글렌이 도약해서 스파이크를 날렸다.

모래연기와 함께 글렌이 날린 스파이크가 코트 바닥을 때렸다.

주위에서 관전하던 학생들은 「우오오오오오!」 하고 환성을 질렀다.

"선생님! 나이스 스파이크!"

"그래!"

하이터치를 하는 글렌과 시스티나. 기블은 거친 숨을 내쉬면서 어쩌냐는 듯 리엘을 힐끗 쳐다보았다. 리엘은 설마 자신의 공격이 막힐 거라고 예상 못 했는지 가만히 서서 눈을 깜빡거리고 있었다.

"너도 나이스 플레이였다. 기블."

이 플레이의 공로자인 기블에게 글렌은 엄지를 세워 보였다.

"……흥. 이제야 겨우 한 점을 만회한 것뿐이잖습니

까……."

그러자 기블은 쌀쌀맞게 고개를 돌리고 이마에 맺힌 땀을 닦았다.

"자, 계속 가죠. 어서 준비하세요."

글렌과 시스티나는 그런 기블을 쓴웃음 지으며 쳐다보았다.

그리고 카슈가 날린 서브가 글렌 팀의 코트를 향해 떨어져 내렸다…….

"하아…… 하아…… 하아……."

시합이 끝난 후…….

온몸이 땀으로 젖고 모래로 범벅이 된 기블이 코트에서 약간 떨어진 곳에 몸을 웅크리고 있었다. 수영복을 입지 않은 탓에 꼬락서니가 엉망이었다.

하지만 이상하게도 불쾌한 기분은 들지 않았다.

지금은 벌써 다른 팀의 시합이 시작된 탓에 반 학생들의 이목은 그쪽을 향했다.

그런 소란스러움에서 벗어난 기블은 혼자서 조용히 숨을 고르는 중이었다.

"……?"

하지만 갑자기 인기척을 느끼고 고개를 들었다.

그의 눈앞에 있는 건 리엘이었다.

"……무슨 용건이지?"

기블은 퉁명스럽게 질문했다.

"너, 굉장했어. 아마도 나이스 플레이."

리엘은 졸린 눈으로 불쑥 그렇게 말하더니 음료가 든 컵을 내밀었다.

기블은 그 모습을 지그시 쳐다보았다.

얼마 전의 자신이었다면 망설임 없이 거절했을 것이다.

모든 면에서 풋내기 같은 주제에 마술사로서는 아마도 자신을 압도적으로 능가하고 있을 이 이상한 편입생은 적이었다. 그 대검의 고속 연성을 본 순간, 뼈저린 패배감을 느낀 게 그저 분해서 도저히 용서할 수가 없었다.

하지만 뭐라고 해야 할까…… 뭐, 역시 자신도 이 무더위에 영향을 받은 모양이었다.

기블은 그렇게 실감하며 얌전히 그 컵을 받고 중얼거렸다.

"흥…… 너한테는 안 져. ……지금은 이길 수 없어도 언젠가는……."

"……응, 그래."

뜨겁게 달아오른 피부를 시원한 바람이 식혀주었다.

그날은 반 전원이 마음껏 놀았다.

바다에서 나온 후에는 관광지를 활보하고ㅡ.

날이 저문 후에는 모래사장에 다 같이 모여 시끌벅적하게 바비큐 파티를 하며ㅡ.

즐거운 시간은 쏜살처럼 지나갔다.

그리고—.

"자, 그럼……."

이미 심야. 학생들의 취침 시간을 크게 지난 하늘은 완전히 새까맣다.

학생 대부분은 이미 놀다 지쳐서 잠이 든 시간대였다.

"그러니까, 뭐…… 잠깐 어른의 휴식 타임이라는 거지. ……이 정도쯤은 용서해달라고."

글렌은 누구에게 하는 건지 모를 변명을 중얼거리며 밤의 관광지를 홀로 거닐고 있었다.

거리 곳곳에 오일식 가로등과 램프가 있어서 마치 저녁때처럼 밝았다. 새로운 걸 좋아하는 부유층 취향의 최신식 조명 설비인 가스 등이라면 모를까, 오일식 램프로 이 정도 밝기를 유지하려면 상당한 규모의 투자가 필요하다.

주황색으로 점점이 일렁이면서 빛나는 수많은 불꽃이 거리의 음영을 끊임없이 흔들었고, 돌로 된 건물 벽과 가로수로 이루어진 사이넬리아 섬의 관광지는 더할 나위 없이 이국적인 분위기를 자아냈다.

아무래도 낮과 비교하면 행인의 수는 적었지만 이제부터 제대로 놀아보려는 관광객들로 밤의 관광지는 마치 축제라도 열린 것 같은 활기가 느껴졌다. 본격적인 관광 시즌은 아직 멀었는데도 벌써 이 정도다. 관광 시즌 중에는 대체 얼마나 북적댈지 예상조차 가지 않았다.

길가에는 오픈 카페와 술집이 난립해있었고, 손님들이 가게 앞에 늘어선 테이블에서 요리와 술을 즐기며 일행이나 여행지에서 만난 한때의 친구들과 함께 담소를 나누는 중이었다.

그런 공영 점포에 지지 않겠다는 기세로 틈새에 늘어선 개인 노점에서는 튀긴 감자나 꼬치구이, 훈제 소시지, 신선한 어패류 수프, 새우튀김, 뜨겁게 데운 와인 등 절로 손이 가는 길거리 음식을 행인들에게 끊임없이 팔아치우고 있었다.

활기가 넘치는 건 음식점뿐만이 아니었다. 이국의 정서가 풍기는 옷, 기묘한 장신구, 목조 세공을 파는 약간 수상쩍은 분위기의 노점상들도 천막 아래에 상품을 늘어놓고 기세 좋게 호객행위를 했다. 문득 발걸음을 멈춘 손님들도 신기한 상품들을 보고 신이 나서 떠들어댔다.

글렌은 그런 소란스러움에 등을 돌리고 마을 밖으로 나갔다.

돌로 포장된 길은 어느새 모래 바닥으로 바뀌었고 곧 백사장이 펼쳐진 해안가에 도착했다.

주위에 인기척은 없었다. 그저 파도 소리와 바다 냄새가 조용히 감돌고 있을 뿐.

끊임없이 밀려오고 물러나는 파도. 파랗게 빛나는 듯한 하얀 모래에 남은 거품은 마치 파도에 밀려온 진주 같았다.

짙은 파란색으로 물든 바다와 수평선. 하늘에는 은색으로 빛나는 초승달.

달빛이 일렁이는 파도를 다이아몬드처럼 하얗게 빛내는 그 광경은 그저 환상적이기만 할 따름이었다.

"……하아~. 나 참, 뭐랄까…… 피곤하다……."

글렌은 근처에 있는 나무에 등을 기대고 아까 노점에서 산 손바닥 크기의 작은 브랜디를 꺼내 병마개를 따서 조금씩 마시기 시작했다. 이 최고의 풍경을 안주 삼아 아주 약간의 술기운을 빌려서 기분 좋게 잠들…… 예정이었다.

평소의 글렌은 풍경을 감상하는 정서적인 오락과는 인연이 없는 인간이었지만 이 풍경만큼은 즐기지 않으면 인생의 손해라는 기분이 들었다.

글렌은 조금씩 입가를 브랜디로 적시면서 멍하니 지금까지의 여정을 되새기며 그 광경을 계속 감상했다.

그리고 얼마나 시간이 지났을까.

"……응?"

인기척이 느껴졌다.

뭐, 방구석 폐인인 자신이 무료함을 즐기러 밖으로 나왔을 정도다. 다른 사람이 와도 이상할 건 없었다.

하지만 문제는—.

"자, 시스티. 얼른 와."

"얘, 루미아…… 저기…… 역시 좀 위험하지 않을까……?"

멀리서 들려오는 건 어쩐지 귀에 익은 목소리였다.

"금방 돌아가면 되잖아. 그보다 어서 보러가자. 밤바다는 틀림없이 무척 예쁠 거야."

"바다라니, 낮에 실컷 봤잖아? ……아~ 진짜 너란 애는 정말~!"

예상했던 대로였다.

이윽고 모래사장에 모습을 드러낸 것은 루미아와 시스티나. 그리고─.

"……이 시간에 대체 뭘 하려고?"

두 사람의 뒤를 아기 오리처럼 졸졸 따라온 리엘이었다.

"후후, 다 같이 밤바다를 감상하는 거야. 오늘은 달이 밝으니까 분명 무척 예쁠걸?"

"……그래? 난 잘 모르겠는데."

세 사람은 떨어진 나무 그늘 밑에 글렌이 숨듯이 앉아 있다는 건 눈치채지 못한 모양이었다.

"우와……."

"……아."

그리고 파도가 밀려올 때 해안가로 나온 루미아와 시스티나는 그 웅대하고 환상적인 밤바다의 경치에 압도되었다.

"아름다워……."

"……응. ……달밤의 바다가 이렇게나 아름답다니, 지금까지 몰랐어……."

부드럽게 불어오는 바닷바람에 소녀들의 머리카락과 옷이 하늘하늘 흔들렸다.

　"어때? 시스티. 오길 잘했지?"

　"……으. 그, 그건…… 뭐, 확실히…… 그래도 그거랑 이건 이야기가 별개라구, 루미아! 방에서 몰래 빠져나와서 바다를 구경하러 오는 건……."

　시스티나가 화난 목소리로 말했지만 루미아는 그저 온화하게 웃기만 할 따름이었다.

　"아하하. 시스티도 결국 말리지 않고 같이 따라 나왔으면서. 역시 너도 보고 싶었던 거지?"

　"……윽."

　정곡을 찌른 모양이다. 시스티나는 말문이 막혀 버렸다.

　애초에 말리지 못하고 여기까지 따라 나온 시점에서 이미 그녀도 공범이었다.

　"그래, 그래. 내가 졌어. 하아…… 하긴, 모처럼 규칙을 어기고 여기까지 나왔으니 즐기지 않으면 손해겠지……."

　"응. 맞아, 맞아."

　"너도 참…… 정말로 넌 옛날부터 겉보기랑 다르게 말괄량이라니까……."

　"후훗, 미안. 시스티."

　루미아는 장난스럽게 웃었다.

　"그건 그렇고 진짜 예쁘다. 웬디랑 린도 같이 오면 좋았을 텐데……."

"어쩔 수 없잖아. 걔네는 엄청 피곤해 보였는걸……."

그리고 두 사람은 다시 이 풍경에 영혼을 빼앗겼다.

하지만 이윽고 조금 전부터 단 한마디도 없이 입을 다물고 있는 리엘의 존재를 깨달은 모양이었다.

"……리엘?"

불안해진 건지 루미아가 뒤에 있는 리엘을 돌아보았다.

하지만 그 불안은 기우에 그쳤다. 그곳에는 평소와 다름없는 상태로 리엘이 서 있었다.

"……어, 때? 너한테는 역시…… 지루했을까?"

"……."

리엘은 루미아의 조심스러운 질문에 대답하지 않고 침묵했다.

그런 리엘의 무뚝뚝한 태도에 루미아가 다시 불안감을 느끼기 시작한 순간이었다.

"……그렇지는…… 않아."

리엘의 입에서 갑자기 뜻밖의 말이 튀어나왔다.

"……어? 리엘."

"이런 건…… 처음 봤어……. 어째선지…… 잘은, 모르겠지만……."

망설이는 것처럼—.

무슨 말을 해야 할지 찾는 것처럼—.

리엘은 한 마디 한 마디 애써 낱말을 자아냈다.

"……이 광경은…… 질리지 않아."

달빛에 드러난 리엘의 얼굴을 자세히 들여다보니, 그녀는 늘 졸린 듯 가늘게 뜬 눈을 지금만큼은 크게 뜬 채 밤바다를 열심히 쳐다보고 있었다.

그런 리엘의 모습에 루미아는 안도했고 곧 자애로운 미소를 지으며 말했다.

"난 있지, 리엘을 만나서 정말 다행이라고 생각해."

"……다행? 나를 만나서? ……왜?"

리엘은 아주 약간 의아한 듯 흔들리는 눈동자로 되물었다.

"응~ 어째서일까? 이런 건 논리로 따지는 게 아니라……."

루미아는 약간 난처하게 웃었다.

"너와 이렇게 친구가 된 게 무척 기뻐서 그래."

"……친구……?"

리엘은 허를 찔린 것처럼 굳어 버렸다.

"……나랑…… 루미아가…… 친구……?"

"응, 맞아. 아, 물론 시스티도 껴서."

"잠깐, 루미아…… 뭐니? 그 덤으로 붙인 것 같은 느낌은."

"아하하. 미안, 미안."

혀를 살짝 내밀고 웃는 루미아. 기가 막힌다는 얼굴로 한숨을 내쉬는 시스티나.

그런 두 사람의 모습을 리엘은 옆으로 흘겨보다가—

"······친구······ 뭔지는 잘 모르겠지만."

망설이듯 말을 끊고―.

"······싫지는 않아."

평소와 다름없는 감정을 읽을 수 없는 표정으로 그렇게 중얼거린 리엘은 다시 달빛이 반사되는 밤바다로 시선을 돌렸다.

루미아는 그런 무뚝뚝한 리엘을 보고 방긋 웃으며 무슨 생각인지 신발과 양말을 부랴부랴 벗기 시작했다.

"······루미아? 너 갑자기 왜 신발을······."

하지만 루미아는 시스티나의 물음에 대답하지 않고 첨벙첨벙 소리를 내며 바다로 들어갔다.

"자, 잠깐! 루미아! 너, 갑자기 왜!"

그리고 가느다란 정강이가 바닷물에 잠길 정도의 위치에서 양팔을 크게 펼치고 뒤를 돌아보았다.

황금 실 같은 머리카락과 옷자락이 바람을 타고 두둥실 퍼져나갔다.

별이 가득한 하늘을 배경으로 달빛이 반사된 바다 위에 서 있는 소녀의 천진난만한 미소.

그것은 함부로 침범할 수 없는 일종의 신성함과 신비로움이 가득한 광경이었다.

"후훗. 물이 굉장히 시원해······."

"애! 루미아! 돌아와! 그러다 옷 젖겠어!"

"괜찮아, 시스티. 갈아입을 옷 가져왔으니까."

"그, 그런 의미가 아니라……."

뭐라고 말려야 좋을지 몰라 시스티나가 한순간 고민에 잠기자, 반짝반짝 빛나는 은색 가루가 공중에 퍼져나갔다.

"……꺄악?!"

반짝이는 가루에 정통으로 맞은 시스티나가 비명을 질렀다.

그 차가운 감촉으로 보건대 가루의 정체는 바닷물이었던 모양이다.

"아하하!"

루미아가 양손으로 발밑의 물을 퍼서 시스티나에게 끼얹은 것이다.

당사자는 장난스럽게 웃으며 시스티나를 쳐다보고 있었다.

"그, 그랬겠다~?! 이젠 나도 용서 안 할 거야!"

시스티나는 화가 난 척을 하며 신발을 벗고 양말을 벗어 던졌다.

한순간 파도가 치는 바다에 들어가는 것을 주저하는 기색을 보였지만 바로 망설임을 떨쳐내듯 바다를 향해 발걸음을 내디뎠다.

"이게! 이게!"

"꺄악!"

루미아를 향해 물을 끼얹기 시작한다. 그런 시스티나의 얼굴은 화가 났다기보단 어딘지 모르게 기쁘고 신이 난 표정이었다.

"……?"

리엘은 눈앞에서 펼쳐진 두 사람의 장난을 의아한 눈으로 쳐다보았다.

그러자 이번에는 루미아가 리엘에게 말을 걸었다.

"자, 리엘도 같이 놀자."

"……논다? 잘은 모르겠는데…… 물을 끼얹으면 되는 거야?"

"응. 맞아, 맞아."

"……응. 알았어."

그러자 리엘은 주저하지도 않고 신발과 양말을 벗더니 바다로 들어왔다.

난폭하게 바닷물을 첨벙첨벙 튀기면서 루미아와 시스티나와 나란히 섰다.

"응."

그리고 리엘은 거대한 검을 버드나무 가지처럼 가볍게 휘두르는 엄청난 완력 ─ 그 가느다란 팔을 봐선 상상도 가지 않는 힘 ─ 으로 대량의 물을 퍼부었다.

"꺄아아아아아아, 어푸!"

마치 통에 든 물을 세차게 끼얹은 듯한 일격이 시스티나의 머리 위로 쏟아져 내렸다.

"크, 크으으으…… 이, 이게~!"

단숨에 루미아보다 푹 젖은 생쥐 꼴이 된 시스티나는 어깨와 주먹을 부들부들 떨었다.

"······?"

"아하하하!"

어리둥절한 표정의 리엘. 배를 잡고 웃는 루미아.

그리고······.

······.

"잠깐 너희 둘! 거기 가만히 있어 봐!"

······.

······이제 소녀들은 그저 정신없이 물을 끼얹으며 즐거워했다.

즐거운 웃음소리.

화가 난 듯한 고함.

때때로 들리는 비명.

끊임없이 들려오는 물소리.

강아지와 아기 고양이가 장난치는 듯한 소란스럽고도 보기 흐뭇한 소녀들의 유희 풍경.

반짝반짝 빛나는 물방울이 진주처럼 허공을 수놓는다.

마치 파도 위에서 춤을 추는 것처럼······.

"······나 원 참, 어쩔 수 없는 녀석들이구만."

글렌은 나무에 등을 기댄 채 다리를 아무렇게나 내팽개친 자세로 앉아 그런 광경을 멍하니 지켜보았다.

문득 무의식적으로 손이 움직였다. 양손의 검지와 엄지로 직각을 만들고 눈앞에 세워서 사각형의 창틀을 만들어 보았다.

그리고 그 틀 너머로 세 소녀가 장난치는 광경을 다시 바라보았다.

"……좋은 구도네."

입가를 일그러트려서 웃은 글렌은 그 손으로 머리 뒤에 깍지를 끼고 하늘을 올려다보았다.

그러자 검은 장막에 은색 모래를 뿌린 것 같은 별 하늘이 글렌을 맞이해주었다.

"……사영기(射影機)를 가져올 걸 그랬나……."

사영기란 특수한 시약을 칠한 판에 렌즈를 써서 풍경을 새기는 상자 형태의 장치다. 약간 비결이 필요하지만 빛을 다루는 마술과 조합하면 이런 어둠 속에서도 촬영하는 게 가능했다.

뭐, 저 소녀들처럼 움직이는 사물을 찍기에는 적합하지 않은 데다가 애당초 그런 무겁고 큰 상자를 들고 올 여유는 없었지만…….

그래도 이 한순간을 형태로 남겨두고 싶었다.

—솔직하게 그런 감상이 드는 광경이었다.

"……자, 그럼."

왠지 훔쳐보는 것 같아서 약간 기분이 찝찝했으나…… 뭐, 요즘 들어서 매일 고생이 많았다. 이 정도쯤의 보상은 당연하지 않을까.

제멋대로 그런 결론을 내린 글렌은 옆에 둔 브랜디 병을 들고 다시 홀짝홀짝 마시기 시작했다.

……신기하다. 이름을 외울 생각도 안 드는 싸구려 술일 텐데 어째선지 지금은 마치 극상의 고급술처럼 느껴졌다.

그리고 물에 젖은 생쥐 꼴이 된 소녀들이 만족하고 해안가를 떠날 때까지 글렌은 약간 취기가 오른 기분으로 그 모습을 계속 지켜보았다.

…….

…….

"……응?"

귀를 간질이는 파도 소리에 글렌은 문득 눈을 떴다.

머릿속에 약간 안개가 낀 듯한 느낌을 떨쳐내면서 주위를 둘러본다.

인기척이 느껴지지 않는 해안. 나무에 등을 기대고 앉은 자신.

"……아, 그대로 잠들어 버린 건가……."

이 사이넬리아 섬 근처는 북동쪽의 만년설 산맥에서 넘어오는 한랭한 공기가 지배적인 페지테를 비롯한 제국 본토와 다르게, 섬 주위를 흐르는 난류와 섬을 지나쳐가는 레이라인 때문에 밤에도 그럭저럭 따스한 편이다. 이 따스함 때문에 어느새 잠이 든 모양이었다.

"나 원 참, 내가 이런 실수를……."

방심했다고밖에 표현할 길이 없었다. 아주 조금이지만 술이 들어간 것도 원인 중 하나이리라.

만약 페지테에서 이랬다간 지금쯤 추위로 몸을 덜덜 떨고 있었을 것이다.

"우와, 큰일 났네. 벌써 이런 시간인가? 으…… 이런, 여관에 들어갈 수는 있으려나? 아무래도 노숙은 좀……."

회중시계로 현재 시각을 확인한 글렌은 황급히 일어나서 빠른 걸음으로 걸었다.

이미 깊은 밤이었다.

조금 전까지 들렸던 거리 쪽의 소란스러움도 지금은 완전히 정적에 잠겨 있었다.

현란하게 빛나던 등불의 모습도 지금은 드문드문하다.

들려오는 건 벌레가 우는 소리뿐.

글렌은 곧장 여관으로 귀가를 서둘렀다.

하지만 문득 인기척을 느끼고 걸음을 멈추었다.

"……음?"

눈을 가늘게 뜨고 전방을 주시한다.

기척을 감출 생각이 전혀 없고 살기도 느껴지지 않으니 위험한 상대는 아닌 것 같지만…… 그건 그렇고 이런 한밤중에 사람이 돌아다니는 건 조금 부자연스럽다. 물론 자기 일은 완전히 뒷전에 두고 하는 생각이지만…….

글렌이 주의 깊게 앞쪽에서 다가오는 기척에 의식을 집중하자 곧 어둠 속에서 모습을 드러낸 것은—.

"……리엘?"

여느 때처럼 졸린 듯한 무표정의 리엘이었다.

"네가 왜 여기에?"

리엘은 글렌의 약간 앞에서 걸음을 멈추고 입을 열었다.

"글렌이 방에 없어서 찾고 있었어."

"아니…… 내 방은 별관이잖아? 그런데 어떻게……."

"몰래 들어갔어. 잠입 임무는 특기니까."

거짓말하기는. 네 특기는 잠입이 아니라 돌격이나 강습이면서.

여러모로 태클을 걸고 싶은 것을 참은 글렌은 조용한 목소리로 물어보았다.

"……내 방은 열쇠로 잠겨있을 텐데? 대답이 없으면 잠든 걸지도 모르잖아? 어떻게 내가 방 안에 없는 걸 확인한 거야?"

"……응. 열쇠, 잠겨있었어. 그래서 문을 베어서 열었어."

"훗…… 그랬군."

또 감봉인가.

글렌은 애써 눈물이 나오려는 것을 참으며 쿨한 척을 하고 리엘의 옆을 스쳐 지나갔다.

리엘은 어미를 따르는 아기 새처럼 그의 뒤를 따라왔다.

"루미아랑 시스티나는 어쩌고?"

"푹 잠들었어."

"나 원 참, 계속 루미아랑 붙어있으라고 했지? 이러는 건 호위 실격이라고."

"알아. 그래도…… 난 글렌을 만나고 싶었어."

그런 말을 나직하게 속삭이는 리엘은 평소와 다름없는 졸린 듯한 무표정이었다. 말하는 내용과는 달리 정서고 뭐고 아무것도 없었다.

그래도 글렌은 못 말리겠다는 듯 한숨만 내뱉었다. 그런 말을 들으니 아무리 상대가 리엘이라도 남자로서는 화낼 마음이 들지 않았다.

원래대로라면 이건 우려해야 할 사태다. 호위가 딴 일에 정신이 팔려서 호위 대상을 방치하는 건 본디 있어서는 안 될 일이다.

하지만 진짜 호위— 알베르트의 존재를 알고 있는 현재의 글렌은 이 사태를 심각하게 받아들이지 않았다. 지금도 그 남자가 이 섬 어딘가에서 루미아를 호위하고 있을 테니까.

그 녀석이 있으면 괜찮다. 알베르트는 그런 압도적인 안정감을 느끼게 해주는 남자였다.

뭐, 바로 돌아가면 문제 될 건 없으리라.

"자, 어서 돌아가자."

"……응."

그리고 두 사람은 걷기 시작했다.

은색으로 빛나는 달과 별이 한가득 반짝이는 하늘 아래에서 두 사람의 그림자가 나란히 움직였다.

"……야, 리엘."

쓸데없는 참견이라는 생각은 들었지만 글렌은 어깨너머로 뒤에서 따라오는 리엘을 힐끗 쳐다보며 물어보았다.

"즐겁냐?"

"……?"

리엘은 아주 살짝 의아한 듯 고개를 기울였다.

"미안. 질문이 너무 극단적이었나 보네. 그 녀석들…… 루미아랑 시스티나. 그리고 반 애들이랑 함께 지내면서 노는 건 즐거워?"

그러자 리엘은 몇 박자 정도 사이를 두고 중얼거리듯 대답했다.

"……잘, 모르겠어."

그 얼굴은 여전히 감정의 색을 보이지 않는 투명한 무표정이었지만…… 어딘지 모르게 망설이는 분위기가 느껴졌다.

"그 녀석들이랑 함께 있으면서 아무것도 느껴지는 건 없어? 뭔가 떠오르는 건 없고?"

"글렌이 나한테 뭘 기대하는지는 전혀 모르겠지만."

말을 고르듯, 생각을 드러내듯 다시 사이를 둔 후—

"……조금이지만. ……그 두 사람이랑…… 모두와 좀 더 함께 있고 싶어. ……그런 생각이 들었어.”

그 말을 듣고 글렌은 흐뭇하게 웃었다.

“그게 분명 즐겁다는 감정일 거다. 소중히 해.”

“……잘 모르겠어.”

하긴 바로 이해하는 건 무리겠지. 아무튼 리엘은 겉보기보다 훨씬 더 정신연령이 어리다. 외견은 약간 동안인 10대 중반의 소녀로 보이겠지만…… 정신은 다양한 요인이 겹친 탓에 지극히 미숙한 상태를 유지하고 있었다.

하지만 조금씩, 조금씩 인간의 감정을 이해해간다면.

어쩌면 리엘은 어깨까지 푹 잠겨있었던 마술의 어두운 세계에서 돌아올 수 있을지도 모른다. 한층 더 빛이 닿는 밝은 장소에서 살아갈 수 있을지도 모른다.

그러하기에—.

“야, 리엘. 너…… 이왕 이렇게 된 거 그냥 제국 궁정 마도사단에서 손을 씻는 건 어때?”

글렌은 문득 그런 제안을 꺼냈다.

“뭐, 좀 문제가 생기기는 하겠지만, 그건 나랑 세리카가 어떻게든 해결해줄게. 예를 들어서 이대로 마술학원의 학생이 되는 건 어때? 그렇게 하면 루미아와 시스티나…… 그 녀석들이랑 계속 함께 있을 수도 있는데.”

“……”

리엘의 표정이 살짝 흔들린…… 듯한 기분이 들었다.

"네가 그런 피로 물든 세계에서 계속 싸워나갈 필요는 없어. 네 오빠는…… 그리고 **그 녀석**은…… 너한테 그런 걸 바라지 않았을 테니까."

"**그 녀석**……? **그 녀석**이라는 게 누구?"

"아, 미안. 말이 잘못 나왔어. 그건 신경 쓰지 마."

"……그래."

리엘은 관심 없다는 듯 흘려 넘겼다.

"아무튼 네가 궁정 마도사가 된 건 그 조직에서 빠져나오기 위한 구실이었잖아? 딱히 네가 계속 마도사로 있을 의리와 의무는 없어. 슬슬 손을 씻고 진짜 학생이 되어보는 건 어떨까? 그 두 녀석도 분명 기뻐할 거야."

그러자 리엘은 갑자기 걸음을 멈췄다.

그 기척을 느낀 글렌도 걸음을 멈추고 리엘을 돌아보았다.

"그건…… 불가능해."

그리고 리엘은 평소처럼 감정이 드러나지 않는 졸린 무표정으로 그렇게 중얼거렸다.

"……어째서?"

글렌은 약간 실망하며 되물었다.

"난…… 싸워야만 해. ……글렌을 위해서."

"리엘……?"

"맞아……. 난…… 글렌을 위해 살아가기로 정했어……."

이건 보통 사랑 고백에나 쓰는 말이다. 당신을 위해 살아가겠다. 여자에게 그런 말을 듣고 전혀 기뻐하지 않는 남자는 없으리라. 설령 상대가 리엘 같은 나이 어린 소녀라 할지라도…….

하지만 리엘은―.

리엘에게만 대상을 한정한다면 뭔가 치명적일 정도로 어귀가 맞물리지 않는 대사였다.

글렌을 위해서 싸워야만 한다. 글렌을 위해서 살아가겠다.

그런 그녀의 말에서 글렌이 느낀 것은 그저 『위태로움』뿐이었다.

"날 위해서라니…… 난 이미 예전에……."

제국 궁정 마도사단을 그만두었다.

그 말이 나오려는 것을 가로막는 것처럼 웬일로 리엘이 강한 어조로 끼어들었다.

"그러니까 글렌. 돌아와. 글렌이 없으면…… 난…… 뭘 위해 살아가야 하는지…… 뭘 위해 싸워야하는지…… 알 수가 없어……."

리엘은 시선을 피하고 사라질 듯한 작은 목소리로 중얼거렸다.

그 얼굴은 평소와 다름없는 졸린 듯한 무표정.

하지만 그 모습은 어딘지 모르게 부모를 잃은 아기 새처럼 보이기도 했다.

"1년 전에…… 내가 갑자기 너와 알베르트에게 아무 말도 하지 않고 궁정 마도사단을 그만둔 건 사과할게. 그 일에 관해서는 변명할 여지가 없어. 난 개인적인 사정으로 목숨을 걸고 사람들을 위해 함께 싸워왔던 동료를 버리고 도망친…… 최악의 쓰레기야."

글렌은 고뇌로 가득한 표정으로 담담하게 말을 자아냈다.

"그런 내가 이런 말을 할 자격은 없겠지. 돌아와 달라고 말하는 널 책망할 수는 없어. 하지만 그래도 말할게. 넌…… 어깨를 나란히 하고 싸울 전력으로서 나를 원하는 게 아니고, 물론 날 사모하는 것도 아니야. 그저……."

한순간 망설이듯 말문이 막혔지만─

"넌, 나를 죽은 네 오빠 대신으로 삼으려는 것뿐이야."

글렌은 결심을 굳히고 그 말을 입 밖에 내뱉었다.

그러자 바로 리엘의 어깨가 움찔거렸다.

"그 조직에 있었을 때…… 넌 오빠를 지키기 위해 싸웠다고 했지? 하지만 넌 지키지 못했어. 그래서『이번에야말로』…… 날 그 오빠 대신으로 삼으려는 거야. 거기에 너 자신의 희망과 의사는 존재하지 않아. 존재하는 건 과거에 사로잡힌 망집과 타성뿐이지."

"……."

"애초에 날 지키기 위해 나에게 목숨이 위험한 세계에 있어 달라니…… 그 발상은 근본적으로 이상해. 주객전도잖아."

"……."

"이제 그만둬, 그런 일그러진 삶의 방식은. 몇 번이나 말하지만, 네 오빠는 그런 걸 바라지 않았어. 그저 네 오빠**와**…… 아니, 네 오빠**는**…… 네가 행복하게 살아가기를 원했을 거야."

"……."

"아마도 넌 지금이라면 돌아올 수 있어. 그런 어두운 세계에서 살아갈 필요는 없다고. 그 녀석들과 함께 지극히 평범하고 당연한 일상을 보낸다면…… 그러니까……."

하지만―.

"……잘 모르겠어."

리엘은…….

"잘 모르겠어. ……모르겠어."

부들부들 어깨를 떨면서 주먹을 깨질 것처럼 굳게 쥐고…….

"……모르겠어…… 모르겠단 말야! 글렌!"

처음 보는 격앙된 모습.

아뿔싸.

글렌이 이를 악물었을 때는 이미 모든 게 늦었다.

분명 지금 자신이 한 말은…… 리엘의 역린이었던 것이리라.

"글렌이 무슨 말을 하는지 전혀 모르겠어! 왜 안 되는 거야?! 글렌을 지키면서 싸우는 게 왜! 어째서…… 어째서 내곁에 있어주지 않는 거야?! 왜! 글렌이 없으면…… 난……난!"

무표정을 분노와 비애와 곤혹스러움으로 일그러트리며 마음속에서 흘러넘치는 말을 글렌에게 쏟아붓는다.

글렌은 그런 리엘의 모습에 경악하는 것과 동시에…… 깊은 후회에 사로잡혔다.

'……이 정도였나? 이 녀석은 이 정도까지 망가져 있었던 건가……?'

아마도 요 1년간 리엘의 오빠를 대신했던 글렌의 부재에 줄곧 갈등하고 있었던 것이리라. 그 쌓이고 쌓인 울분이 지금 글렌이 내뱉은 부주의한 발언에 폭발한 것이다.

'……내 인식이…… 부족했어……'

리엘에 글렌에게 품은 감정은 선의도, 호의도 아니었다.

그 본질은 자신의 모든 것을 건 집착과 도를 넘어선 의존.

하지만 그녀를 약하다고 비웃을 순 없었다. 그렇게까지 하지 않으면 과거에 그 조직으로부터 모든 것을 빼앗긴 리엘은…… 자신이라는 존재를 유지할 수가 없었던 것이다.

그리고 글렌이 그런 리엘에게 무슨 말을 해야 할지 망설이는 사이에—

"……혹시 그 녀석들. 그 녀석들 때문이야?"

리엘은—

"루미아와 시스티나…… 그 녀석들이 있어서…… 글렌은 돌아올 수 없는 거야……? 그 학원의 인간들이 있으니까…… 글렌은……?"

최악의 방향으로 사고가 왜곡되고 말았다.

"그 녀석들이…… 나한테서, 글렌을 빼앗은 거야……?"

"잠깐! 대체 왜 그런 결론이 나오는 건데?!"

도저히 간과할 수 없었던 글렌은 자기도 모르게 거친 목소리로 반론했다.

그녀에게 좋으라고 한 말이 완전히 정반대의 결과로 나오자 꼴사납게 당황할 수밖에 없었다.

하지만 이미 늦었다.

"시끄러시끄러시끄러!"

리엘은 고개를 붕붕 저으면서 글렌의 말을 거부했다.

"다들…… 싫어. ……꼴도 보기 싫어!"

마지막으로 그렇게 외친 리엘은 엄청난 속도로 어딘가를 향해 달려갔다.

"기다려! 리엘!"

손을 뻗었지만 그 자그마한 모습은 눈 깜짝할 사이에 글렌의 시야에서 사라졌다.

저쪽은 마을이 있는 곳과는 정반대의 방향이다. 오늘 밤은 여관에 돌아올 생각이 없는 모양이었다.

"……리엘."

글렌은 손을 내민 채로 그 뒤를 쫓아가는 것도 망각하고 망연자실하게 서 있었다.

리엘은…… 역시 자신과 많이 비슷했다. 정의의 마법사라는 목표를 잃고 마술에 깊은 절망감을 느꼈던 자신과. 뭔가에 의존하고 있었다는 점이 크게 닮아있었다. 사실…… 리엘 쪽이 훨씬 더 심각하고 뿌리가 깊은 문제였지만.

"……정의의 마법사라."

마법으로 나쁜 마왕을 혼내주고 모두를 행복하게 해주는 동화 속의 영웅. 『멜갈리우스의 마법사』라는 이야기 속에서는 분명히 존재했던 최고의 마법사.

과거의 자신은 그런 『마법사』가 되고 싶어서…… 동화 속의 『마법사』처럼 모든 이를 평등하게 구원하고 슬퍼하는 자가 없게 하는 그런 굉장한 존재를 동경해서, 마술을 잔뜩 배운다면 언젠가 그렇게 될 수 있다고 믿고 궁정 마도사가 되었지만…….

그런 글렌의 눈앞에 들이닥친 것은 마술의 피로 물든 비참한 『현실』과…… 아무리 노력해도, 아무리 필사적으로 손을 뻗어도 손가락 사이로 흘러내려 가는 모래 알갱이처럼 구원하지 못한 자들이라는…… 그런 당연하고도 비정하기 짝이 없는 『사실』뿐이었다.

정의의 마법사는— 이 세상 그 어디에도 존재하지 않았던 것이다.

"내 뜻대로…… 되는 일이 없구나……."

글렌은 불쑥 그런 말을 중얼거리며 어깨를 늘어뜨리고 깊은 한숨을 내쉬었다.

제5장 리엘

 그리고 다음 날, 연구소를 견학하는 날이 찾아왔다.

 오전에 가벼운 식사를 마친 글렌과 2반 학생들은 관광지 여관에서 출발. 사이넬리아 섬 중심부에 있는 백금 마도 연구소를 향해 줄을 지어서 걸어가기 시작했다.

 북동쪽 연안의 관광지 주변은 그럭저럭 개발된 편인 사이넬리아 섬이지만 사실 섬의 지형 대부분은 아직도 거의 인간이 손이 닿지 않은 수림이자 미지의 영역이기도 했다.

 그 미지의 영역에 펼쳐진 생태계는 아직도 완전히 파악되지 않았으며 마술학원과 제국 대학의 조사대가 정기 조사를 올 때마다 매번 신종 동식물과 마수를 발견했다는 보고가 올라올 정도였다.

 확실한 안전이 보장된 섬의 북동부 연안 근처와 야외 산책용의 일부 구역을 제외한 대부분은 아직도 일반인의 출입을 금지하고 있다.

 글렌과 학생들은 관광지와 섬 중심부를 잇는 길을 계속 따라서 걸었다. 돌로 포장된 수림을 관통하는 길의 양쪽에는 울창하게 우거진 원시림이 펼쳐져 있었고, 길게 뻗은 나뭇가지가 머리 위를 뒤덮고 있어서 그 사이로 새어 들어오는 가느다란 햇빛이 길을 밝혀주고 있었다.

포장되어 있다고는 해도 페지테처럼 치밀하게 바닥을 정비한 길이 아니라 자연의 기복이 선명하게 남아있는 울퉁불퉁한 길이라 몹시 걷기 불편했다. 장소에 따라서는 전혀 포장되지 않은 곳도 존재했다.

오랜 군대 생활을 거친 글렌과 시골 출신이지만 학원에 다니기 위해 멀리 페지테까지 온 소수의 학생을 제외하면, 기본적으로 도회지 출신자가 많은 학생들은 벌써 죽는소리를 하기 시작했다.

"하아~ 하아~ 으으......"

"헉...... 헉......"

"야, 너 괜찮겠어? 린. 난 아직 여유가 있으니까 짐 좀 대신 들어줄까?"

"......고, 고마워. 카슈 군...... 역시 장래의, 모험가 지망생답네......."

"하하, 시골뜨기라서 그런 거지 뭐."

"이이이이익...... 어째서...... 고귀한 제가...... 이런......! 마차를 이리 불러 오세요......! 마차를......!"

"흥...... 꽤...... 꼴사나운...... 모습인걸? ......웬디, 너 같은...... 아가씨에게는...... 짐이 무거웠나...... 보지?"

"그러는...... 당신이야말로...... 빈정거림에...... 평소 같은 날카로움이…… 없는걸요? ……기블!"

　그리고 힘든 건 루미아와 시스티나도 마찬가지였다.

　"하아…… 하아…… 하아……."

　숨을 헐떡이고 이마에 맺힌 땀을 닦으면서 열심히 발을 움직이는 루미아에게 시스티나가 걱정하는 목소리로 말을 건넸다.

　"……괜찮니? 루미아."

　"그다지…… 안…… 괜찮을지도. ……시스티는?"

　"나도 꽤 힘들지만…… 아직은 여유가…… 있으려나?"

　확실히 그 말대로 시스티나의 걸음걸이에서는 다소 피로함이 보였지만 숨소리는 반 전체를 통틀어도 그리 거친 편이 아니었다.

　"강하구나, 시스티……. 난 이제 거의 한계야……."

　"그런데 이상하네……. 나랑 루미아는 체력이 크게 다르지는 않을 텐데……. 혹시 매일 하는 그게 효과가 있는 걸까……?"

　"……응? ……그거라니?"

　"어? 아, 아냐! 아무것도!"

　당황한 듯 고개를 젓는 시스티나를 보고 루미아는 의아한 듯 고개를 갸웃했다.

　"그, 그것보다 강하다고 하면…… 역시 쟤잖아?"

　화제를 돌리듯 시스티나는 뒤를 힐끔 돌아보았다.

그러자 바로 뒤에 딱 달라붙어서 따라오는 리엘의 모습이 보였다.

리엘의 상태는 평소와 전혀 다르지 않았다. 모든 학생이 많건 적건 얼굴에 피로감을 드러내는 와중에도 그녀만은 변함없이 졸린 듯한 무표정이었다. 숨소리 하나 흐트러지지 않았고 땀 한 방울도 흘리지 않았다. 애초에 숨을 쉬는 건지조차 의심스러울 정도로 조용했다.

"……과연 궁정 마도사…… 군인답네……."

시스티나는 루미아에게만 들리는 작은 목소리로 속닥속닥 감탄을 표했다.

"그런데 리엘…… 무사해서 다행이야……."

화제가 리엘로 변하자 루미아는 오늘 아침에 있었던 일을 떠올렸다.

"아침에 일어났더니 방에 없었는걸……."

"다들 찾느라 난리가 났었는데 출발하기 직전에 불쑥 나타났으니까."

시스티나도 오늘 아침의 소동을 떠올리고 한숨을 내쉬며 고개만 돌려 리엘을 돌아보았다.

"이제 그런 개인행동은 하면 안 된다, 리엘? 계속 그런 식으로 행동하다간 글렌 선생님 같은 인간이 될지도 모른다구."

"……."

리엘이 시스티나의 주의를 듣고도 침묵을 관철한…… 순간.

"웃?!"

어설프게 포장되어서 거의 무너지기 직전이었던 바닥이 있었던 모양이다. 그 부분을 밟은 리엘은 넘어지지는 않았지만 크게 균형을 잃었다. 그녀치고는 보기 드문 실수였다.

"리엘?!"

루미아는 몸이 고단한 것도 잊은 채 한쪽 무릎을 바닥에 꿇은 리엘에게 달려갔다.

"……괜찮아? 여긴 바닥이 불안정해. 조심하자."

그리고 걱정스러운 얼굴로 리엘에게 손을 내밀었지만…….

찰싹.

리엘은 그 손을 내쳐 버렸다.

"……아?"

루미아는 대체 무슨 일이 일어난 건지 몰라 어리둥절한 표정을 지었다.

"……건드리지 마."

리엘은 공격적으로 차갑게 쏘아붙이며 일어났다.

그리고 자기도 모르게 걸음을 멈춘 루미아와 시스티나를 내버려두고 혼자 걸어가려 했다.

"……잠깐만, 리엘."

이 상황을 가만히 보고 넘길 수 없었던 시스티나는 리엘의 팔을 붙잡았다.

"무슨 일이 있었는지는 모르겠는데 지금 그건 너무하지

않아? 루미아는 널 걱정해서……."

그러나—.

"……시끄러워."

"어?"

"시끄러시끄러시끄러!"

갑자기 들려온 고함에 반 전원이 그만 걸음을 멈추고 리엘을 주목했다.

그 얌전한 리엘이 이토록 적의를 노골적으로 드러낸 목소리로 외치다니.

믿을 수 없다는 감정이 모두의 얼굴에 뚜렷이 드러났다.

"상관하지 마! 이제 나한테 상관하지 마! 짜증 나니까!"

"……으?!"

"난…… 너희들 따위 정말 싫어!"

당사자인 리엘은 어린애처럼 일방적으로 악을 쓰더니 시스티나의 손을 뿌리치고 등을 돌려 어깨를 들썩이면서 떠나갔다.

뒤에 남겨진 것은 어안이 벙벙해서 말을 잃은 루미아와 시스티나였다.

"……대, 대체 뭐였지?"

"저 세 사람…… 어제까지는 꽤…… 사이가 좋았잖아……?"

"이러니저러니 해도 마음을 터놓은 줄 알았는데……."

"……무슨 일이 있었던 거지?"

소곤소곤.

학생들은 그런 세 사람의 모습을 거북한 눈길로 살피면서 제각기 소곤대기 시작했다.

"……읏! 뭐야?! 리엘 너 대체—."

머리가 피가 몰린 시스티나가 한 마디쯤 항의하려고 리엘의 뒤를 쫓아 달려가려 했지만…….

"……!"

그녀의 팔을 루미아가 붙잡았다.

"루미아?"

뒤를 돌아보니 루미아가 슬픈 얼굴로 고개를 젓고 있었다.

"무슨 일이 있었는지는 모르겠지만…… 지금은 혼자 있게 해주자."

"……네가 그렇게 말한다면."

납득은 가지 않았지만 시스티나는 마음을 가라앉히려는 듯 깊게 숨을 내쉬었다.

"그런데 진짜 대체 왜 저래? 어제오늘 사이에 저 태도…… 영문을 모르겠다구."

"……저기, 시스티."

루미아는 슬픔과 근심이 섞인 표정으로 말을 이었다.

"역시, 싫었던 걸까……?"

"……!"

"리엘은…… 우리랑 사는 세계가 다른 사람인데…… 내가 제멋대로 끌고 다녀서…… 사실은 싫었는데 지금까지 억지로 어울려줬던 것뿐일까? 내가…… 쓸데없는 참견을 한 걸까?"

"그럴 리가 있겠냐."

슬픈 목소리로 말하는 루미아의 뒤에서 갑자기 퉁명스러운 대답이 돌아오는 바람에 두 소녀는 깜짝 놀라 그쪽을 돌아보았다.

그러자 대열의 후미를 맡고 있던 글렌이 어느 틈에 다가와 있었다. 방금 소동 때문에 전원의 걸음이 멈춘 탓에 루미아와 시스티나를 따라잡은 것이다.

"선생님……."

"먼저 고맙다는 말을 하마. 저 사회성, 협조성, 일반 상식 제로의 사회 부적응자 녀석과 지금까지 잘 어울려줘서…… 정말 고맙다."

"그런…… 저는 그저……."

"그리고 동시에 사과하마. 사실 어젯밤에 내가 쓸데없는 소리를 지껄이는 바람에 화나게 했거든……. 저 녀석, 그래서 지금 좀 불안정한 상태야. ……미안하다."

"미안하다니…… 리엘의 저 태도는 당신이 원인이었나요?!"

바로 시스티나가 눈썹을 날카롭게 세웠다.

"혹시 설마, 아침에 쟤가 방에 없었던 것도 당신 때문이었나요?! 정말이지! 대체 얼마나 무신경한 소릴 했길래 애가 저러냐구요!"

이제 사태를 파악했다는 듯 시스티나가 글렌을 책망했다.

그러나—.

"……."

"어, 어라……?"

글렌은 평소처럼 어린애 같은 변명이나 억지 논리를 한 마디도 늘어놓지 않고 그저 불편한 듯, 미안하다는 듯 입을 다물고 있을 뿐이었다. 그런 혼이 나서 풀이 죽은 소년 같은 얼굴을 하고 있으니 시스티나도 더는 화낼 기분이 들지 않았다.

"……저 녀석은 말이다. 아직 어린애야"

글렌이 불쑥 그런 말을 흘렸다.

"겉모습은 너희랑 비슷한 나이처럼 됐지만…… 마음은 아직도 작디작은 어린애인 채야. 그렇게 될 수밖에 없었던 특수한 성장 과정을 거쳤으니까……."

"성장 과정……? 그게 무슨……."

시스티나에게서 자기도 모르게 튀어나온 말을 제지하듯—.

"자세한 사정은 묻지 않는 편이 좋겠죠?"

루미아가 그렇게 끼어들었다.

"눈치가 빨라서 고맙군. 저 녀석이랑 친하게 지내준 너희들에게 거짓말은 하고 싶지 않으니까 말이다."

리엘의 과거에 대해 미주알고주알 캐물으려고 작정했던 시스티나는 루미아와 글렌의 대화를 듣더니 「윽」 하고 말문이 막혔다.

"······응? 왜 그러냐? 하얀 고양이."

"아, 아무것도 아니에요!"

"······음? 뭐, 됐다. 아무튼 그런 거니까 이 일로 저 녀석을 너무 미워하지 말았으면 좋겠는데······. 그게······ 너희에게는 아직 어려운 일일지도 모르겠다만······."

"괜찮아요."

루미아는 글렌을 안심시키려는 듯 웃었다.

"지금까지 잘 지내왔는데 갑자기 거절당해서 좀 놀란 것뿐이에요. 이런 일로 리엘을 싫어하게 되진 않을 거예요."

"저희는 괜찮아요. 그런 것보다 선생님, 얼른 리엘이랑 화해하세요. 선생님은 진짜 하는 일마다 늘 저희한테도 피해가 온다니까요? ······정말이지!"

시스티나는 그렇게 말하곤 고개를 확 돌려 버렸다. 태도가 퉁명스럽기는 했지만 그 서툰 배려가 솔직히 고마웠다.

착한 아이들이다. 한쪽은 조금······ 건방지지만.

독선일지도 모르겠으나 역시 리엘은 그런 피비린내 나는 어둠의 세계에서 검과 마술을 쓰는 것보다 이 녀석들과 함께 양지의 세계에 있는 편이 나을 것이다. 그러길 원했다.

글렌은 막연히 그런 감상에 젖었다.

그 후로 약 2시간 정도가 지났다.

가파른 절벽 밑의 꾸불꾸불한 길을 지나고 언덕 사이에 걸린 흔들다리를 건넌 후, 차갑고 투명한 물이 흐르는 계곡을 따라 이동한 일행은 마침내 백금 마도 연구소에 도착했다.

"……참 나, 이딴 곳에 연구소 같은 걸 세우지 말라고……."

글렌도 약간 지쳤는지 투덜대면서 눈앞의 연구소를 올려다보았다.

백금 마도 연구소는 바로 뒤에 있는 절벽에서 흘러내리는 폭포와 양쪽의 원시림으로 둘러싸인 신전 같은 분위기의 건물이었다. 연구소 정문 앞 광장은 개방되어 있었으며 전후좌우에 간격을 두고 규칙적으로 배열된 정방형 포석들, 드문드문 자라난 수생식물들, 그리고 포석과 포석 사이에는 끊임없이 맑은 물이 얕게 흐르고 있었다.

늘 귀를 간질이는 물 흐르는 소리. 폭포 때문에 발생하는 물안개가 신전의 바닥을 어렴풋한 흰색으로 감싸고, 하늘에서 빛나는 태양 빛을 반사한 일곱 빛깔 무지개를 선명하게 두른 모습은 관광용 경승지라고 해도 전혀 손색없는 멋진 경관이었다.

"그런데 이 정도로 세속과 떨어져 있는 광경을 보니 연구소 견학이라기보단 마치 고대 유적 탐사를 하러 온 것 같은 기분이 드는구만……."

눈앞의 현실감이 느껴지지 않는 광경에 글렌은 자기도 모르게 그런 말을 중얼거렸다.

"하아…… 하아…… 이제 틀렸어……."

"피, 피곤해……."

그 주위에서는 완전히 지친 학생들이 바닥에 주저앉거나 신발을 벗어서 흐르는 물에 발을 담그기도 했다.

리엘은 집단에서 약간 떨어진 장소에 가만히 서 있었다.

"음~ 하나, 둘, 셋…… 다 왔겠지? 낙오된 녀석은 없고~?"

글렌이 학생들의 인원을 확인하자―.

"어서 오십시오. 알자노 제국 마술학원의 여러분. 먼 길을 오느라 고생 많으셨습니다."

글렌 일행 앞에 로브를 입은 한 남자가 나타났다.

나이는 마흔에서 쉰 살 정도로 보이는 초로의 남자였다. 정수리는 완전히 벗겨진 데다가 그나마 남은 머리카락과 수염에도 흰 털이 드문드문 보였다. 또한 그는 신기할 정도로 인자하고 사람 좋은 분위기를 자아내고 있었다.

"제 이름은 버크스 브라우몬. 이 백금 마도 연구소의 소장을 맡고 있는 자입니다."

"아, 당신이 버크스 씨군요."

글렌은 이마의 땀을 닦으면서 자세를 바로 하고 버크스를 돌아보았다.

"알자노 제국 마술학원 2학년 2반의 담당 마술강사인 글

렌 레이더스입니다. 오늘은 저희 반의 『원정 수학』에 협력해 주셔서 진심으로 감사드립니다. 순수한 연구자 타입 마술사인 버크스 씨에게는 햇병아리들이 연구소 안을 쫄랑쫄랑 돌아다니는 게 짜증 나실지도 모르겠지만, 오늘이랑 내일만 눈감아주신다면 감사하겠군요."

"아뇨, 별말씀을."

버크스는 글렌의 미묘하게 정중하지 않은 말투에도 딱히 기분 상한 기색을 드러내지 않고 밝게 대답했다.

"여기 계신 여러분은 제국의 미래를 짊어질 마술사이지 않습니까. 그런 여러분의 비료가 되고 피와 살이 될 수 있다면 저는 더 바랄 것이 없습니다."

"하하, 당신은 인격자시네요. 저였다면 귀찮아서 못해 먹겠다는 생각부터 할 것 같습니다만."

글렌은 쓴웃음을 지으며 어깨를 으쓱거렸다.

"그럼 어서 시작하도록 하죠. 글렌 씨, 학생 여러분을 인솔해서 제 뒤를 따라오시길. 제가 직접 연구소 안을 안내해 드리겠습니다."

"예? 소장인 당신께서 직접 안내를 하시겠다는 겁니까?!"

글렌은 화들짝 놀라 버크스를 쳐다보았다.

"아뇨, 아무래도 그건 좀 친절이 과하신 게…… 당신도 연구로 바쁘실 텐데…… 직접 그러실 필요 없이 누군가 담당자를……."

"괜찮습니다. 저도 마술 연구만 하느라 답답한 차였으니 가끔은 젊은이들과 이야기를 나누는 기회를 갖는 것도 나쁘지 않겠죠. 그리고 제 권한이 있으면 원래는 출입할 수 없는 구획도 견학하실 수 있을 겁니다. 역시 우리 제국의 미래를 짊어질 젊은이들에게는 최고의 현장에서 많은 것을 배워주길 바라니까요."

"……지, 진짜로요? 설마 그렇게까지 배려해주실 줄은…… 아뇨. 감사합니다. 진심으로요."

제아무리 방약무인한 글렌이라도 버크스의 이 후한 대우에는 황송해 할 수밖에 없었다.

그리고 그런 대화를 옆에서 지켜보던 시스티나는 들뜬 기분으로 루미아에게 흥분한 듯 말을 걸었다.

"얘, 방금 들었어? 루미아, 이번 『원정 수학』은 뭔가 굉장할 것 같아! 최신 마술 연구를 볼 수 있다니, 이건 엄청난 행운이잖아! 보통은 말만 최신이지, 한두 세대 전의 연구밖에 견학할 수 없는데!"

하지만 루미아는 왠지 불안한 표정으로 입을 다물었다.

"……루미아? 왜 그래? 무슨 일이야?"

"……응? 아니. 아무것도 아니야. 아무것도. 너무 대우가 좋으니까 놀란 것뿐이야. 버크스 씨는 굉장히 사람이 좋으신 분인가 보네."

"맞아. 순수한 연구자 타입의 마술사 중에서 저런 인격자는 보기 드물걸?"

그렇다. 그래서 루미아는 그저 기분 탓일 거라고…… 자기 자신을 타일렀다.

루미아는 버크스라는 이름 자체는 마술 논문에서 봤기 때문에 사전에 알고 있었지만 본인과는 일면식도 없는 관계다. 실제로 만나는 건 오늘이 처음이었다.

그러니 버크스가 글렌과 대화를 나누는 도중에 아주 잠깐이지만 얼음 같은 차가운 눈으로 자신을 쳐다본 것은…… 분명 기분 탓이리라.

그런 아무런 근거도 확증도 없는 불안을 털어놓아서 지금부터 있을 연구소 견학을 기대하는 친우에게 걱정을 끼칠 수는 없었다.

루미아는 다시 기분 탓이라고 자신을 타이르며 애써 그 시선을 잊으려 했다.

버크스의 인솔을 받는 형태로 글렌과 학생들은 백금 마도 연구소 안을 견학하며 돌아다녔다.

백금 마도 연구소는 그야말로 『물의 신전』이라는 표현이 딱 어울리는 장소였다.

실내와 통로를 불문하고 수로가 뚫려 있는 연구소 내부는 어디에나 깨끗한 물이 흘러서 청량한 향기가 감돌았다. 그리고 건물 안인데도 다양한 식물이 절조 없이 군생하고 있어서 피부로 느껴질 만큼 강한 생명력이 가득했다. 빛나는 이끼가 여기저기에 자라 있는지 창문도, 램프도, 불도 없어서 어두워야 할 터인 건물 안은 신기할 정도로 적당한 밝기를 유지하고 있었다. 그리고 일정 거리마다 서 있는 검은 빛의 석판에는 술식 같은 게 적혀 있었다. 지나치게 복잡한 내용이라 완전히 파악할 수는 없었지만 아마도 연구소 내의 환경을 일정하게 유지하기 위한 술식일 거라고 시스티나는 예상했다.

"백금술⋯⋯ 백마술과 연금술의 복합 마술. 이 마술 분야가 주로 다루는 건 여러분도 아시다시피 생명 그 자체. 따라서 연구에는 늘 신선한 생명의 마나로 가득한 공간이 필요합니다. 그래서 이런 형태를 취하고 있는 것이죠. 뭐, 좀 걷기가 불편한 건 애교입니다만."

그리고 버크스는 연구소 안에 있는 다양한 연구실을 학생들에게 안내해주었다.

다양한 품종과 효능을 지닌 약초밭이 펼쳐져 있는 약초 품종 개량 연구 시설.

암석과 결정을 법진(法陣) 위에 늘어놓고 광물 생명체를 개발하는 시설.

다종다양한 동식물이 담긴 거대한 유리 원통이 빼곡하게 늘어서 있는, 생물의 육체 구조를 연구하는 시설.

복수의 동식물을 배합해서 합성 마수^{키메라}를 개발하는 연구

시설.

거대한 석판 형태의 마도 연산기가 몇 대나 갖춰져 있어서 인간과 동물 등의 막대한 유전 정보와 영혼의 정보를 해석하는 시설.

……잇따라 견학하는 그 어느 시설에서도 아마 초일류 마술사일 터인 연구원들이 곁눈질도 주지 않고 작업과 연구에 몰두하는 중이었다.

"……굉장하네."

"응…… 굉장해."

"이건…… 압권이네요."

학생들은 설비와 환경적인 문제로 평소에는 볼 수도, 접할 수도 없는 완전히 다른 분야의 마술 연구들을 보고 다들 그 광경에 압도된 모양이었다.

"……정말 굉장해. 설마 인간이 이런 경지까지 도달했을 줄이야……."

그건 시스티나도 예외는 아니었다. 조금 전부터 연구원 중 한 명이 파이프오르간처럼 생긴 마도 장치를 주문으로 주의 깊게 제어하면서 생물의 세포와 그 정보를 극소 레벨로 조작하는 모습을 흥미 있게 관찰했다. 마도 장치의 옆에 있는 마정석(魔晶石) 석판에서는 세포를 조작한 결과와 그 영상이 빛의 마술로 투영되고 있었다.

시스티나는 그 광경을 주시하며 옆에 있는 루미아에게 말을 걸었다.

"난 장래에 마도 고고학을 전공할 생각이었는데…… 이걸 보니…… 좀 마음이 흔들렸어. ……넌 어때?"

"난…… 연구자가 아니라 마도 관료를 지망하고 있으니까."

그리고 루미아는 시스티나에게만 들릴 법한 목소리로 살며시 귓속말을 건넸다.

"그리고…… 여길 보고 있으니…… 왠지 좀 내키지가 않아."

"……왜?"

"그게…… 정말로 인간이 이런 식으로 생명을 제멋대로 가지고 놀아도 괜찮을까…… 싶어서."

루미아의 솔직한 의견에 시스티나는 자기도 모르게 숨을 삼켰다.

그렇다. 이건 아마 다른 학생들은 굳이 떠올리려 하지 않았을 뿐…… 분명 그 누구에게나 정곡을 찌르는 지적이었을 것이다.

확실히 이 연구소에서 본 것은 아름답고 신비스러운 광경만은 아니었다.

연구로 만들어내기는 했지만 결국 원통 안에서밖에 살 수 없었던 마조(魔造) 생명체의 표본을 봤을 때는 형언할 수 없는 죄책감과 찜찜함을 느꼈다. 자기도 모르게 눈을 돌리고 싶어지는 끔찍한 몰골을 한 불완전한 생명체의 표본도 있었다. 현재는 동결되었다고 하지만 과거에는 인간을 죽이는 것만을 염두에 두고 전쟁용 키메라 병기를 개발하는 연구도 했었다는 모양이다. 그 연구 내용의 개요와 경위와 결과가 전시실에 전시되어 있었다.

생명을 농락하는 행위에 대한 배덕감. 신을 모독하는 듯한 오만한 행위. 루미아가 내키지 않아 하는 것도 무리는 아니었다.

그래도 생명의 신비 탐구는 마술의 영원한 테마 중 하나였다. 한 번 그 금단의 과실에 접한 자는 인간인 이상, 그리고 마술사인 이상 한없이 탐욕스럽게 자신의 지적 호기심을 채우려고 들기 마련이다. 인간이 생명 신비의 연구를 그만두는 것은 아마 미래영겁 불가능한 일이 아닐까.

아무튼 평소에 마술 혐오를 노골적으로 표방하는 글렌조차 그 유혹을 이기지 못하고 연구 견학에 정신이 팔렸을 정도다. 그 광경에는 시스티나도 놀라움을 금할 수 없었다.

"그런가……. 여기서 한 발짝 어긋나면 외도 마술사로 전락하는 거구나……."

극상의 신비들을 눈앞에 두고 들떴던 마음을 억누른 시스티나는 쓸쓸하게 중얼거렸다.

"인간인 이상 지식을 갈구하는 건 어쩔 수 없는 일이라고 생각해. 하지만 정도를 벗어나서는 안 돼. 자신이 무엇을, 뭘 위해서 하고 있는 건지…… 잊어서는 안 될 거야."

"……응, 네 말이 맞아. 어둠에 집어삼켜지지 않도록 주의

해야겠지."

시스티나는 마음을 가라앉히려는 듯 깊게 숨을 내쉬었다.

"그래도 뭐랄까⋯⋯ 역시 그『연구』는 어디서도 안 하는 모양이네⋯⋯. 뭐, 당연하다면 당연하겠지만."

그리고 무거워진 분위기를 환기하려는 듯 장난스럽게 말했다.

"그 연구? 그게 뭔데? 시스티."

"아~ 응. 그게 있지, 죽은 자의 소생과 부활에 관한 연구. 과거에 제국에서 대대적으로 세운 일대 마술 프로젝트였는데, 분명 그 프로젝트의 이름이⋯⋯ 그러니까―."

"⋯⋯『Project : Revive Life』."

갑자기 뒤에서 제삼자의 목소리가 끼어들어 왔다.

시스티나와 루미아가 화들짝 놀라서 뒤를 돌아보니 그곳에는 변함없이 인자한 표정을 짓고 있는 버크스가 서 있었다.

"설마 학생의 입에서 그 프로젝트의 이름을 듣게 될 줄이야⋯⋯. 공부를 열심히 하셨군요. 당신 같은 우수한 젊은이가 있으니 제국의 미래는 걱정할 필요가 없을 겁니다."

"아뇨, 그런⋯⋯ 우연이에요! 그리고 죄송합니다. 실례되는 말을 해서!"

시스티나는 황급히 사과했다.

어째서 그녀가 사과하는 건지 이해하지 못한 루미아는 문득 머릿속에 떠오른 의문을 입에 담았다.

"저기…… 버크스 씨. 그 『Project : Revive Life』라는 건…… 대체 어떤 건가요?"

"흠? 어떤 거라고 말씀하신들……."

"아, 죽은 사람의 소생과 부활은 이론적으로 불가능하다고 수업에서 배워서요……."

"후후. 마벨의 코스모 존 이론의 파생 이론인 죽음의 절대 불가역성을 말씀하시는 거군요?"

버크스는 방긋 웃으면서 대답해주었다.

"확실히 말씀하신 대로 생물의 구성 요소는 육체인 『마테리얼체(體)』, 정신인 『아스트랄체』, 영혼인 『에테르체』의 삼대요소입니다만…… 죽음을 맞이한 생물은 그 삼대요소가 분리되어서 각자의 영역으로 환원됩니다. 즉, 『마테리얼체』는 자연의 흐름으로, 『아스트랄체』는 집합 무의식인 제8세계…… 의식의 바다로, 『에테르체』는 윤회전생의 흐름인 섭리의 원으로 회귀하는 거지요. 따라서—."

버크스는 잠시 사이를 두더니 루미아를 똑바로 바라보면서 말했다.

"생물의 사후 『아스트랄체』는 의식의 바다에 녹아버리고 『에테르체』가 다음 생명으로 전생하는 이상, 죽은 자의 소생은 불가능— 이게 바로 죽음의 절대 불가역성입니다. 현재 이 죽음의 불가역성을 뒤집을 수 있는 마술은 존재하지 않지요. 그런 까닭에 이 사자 소생 계획인 『Project :

Revive Life』…… 통칭『Re—."

　"『Project : Revive Life』라는 건 말이다. 요컨대, 아까 버크스 씨가 말씀하신 생물의 삼대요소를 다른 걸로 대체해서 죽은 자를 되살리려는 시도였던 거다."

　갑자기 글렌이 버크스의 말을 가로채듯 끼어들었다.

　"되살리고 싶은 인간의 유전 정보에서 채취한『진 코드』를 기반으로 대체할 육체를 연금술로 연성하고. 타인의 영혼에 초기화 처리를 한『얼티 에테르』를 대체할 영혼으로 삼아 되살리고 싶은 인간의 정신 정보를『아스트랄 코드』로 변환해서 대체하는 거지. 그리고 마지막으로 이 대체할 육체, 영혼, 정신을 하나로 합성해서 죽은 본인을 되살리는…… 뭐, 대충 그런 술식인 셈이다."

　"아니, 잠깐만요! 선생님! 설명해주신 건 감사하지만, 지금 버크스 씨가 말씀하시던 도중이었잖아요! 옆에서 끼어드는 건 실례라구요!"

　"아차, 실례. 흥미 깊은 이야기가 나오길래 나도 모르게……."

　화를 내는 시스티나를 글렌은 가벼운 태도로 달랬다.

　"아~ 말씀하시는데 갑자기 끊어서 죄송합니다. 버크스 씨……."

　"아뇨, 전 상관없습니다. 그건 그렇고 과연 학원의 현역 강사시군요. 논리 정연한 설명 덕분에 제가 설명하는 것보다

이야기가 빨리 정돈된 것 같습니다 그려."

　인자하게 웃는 버크스와 쓴웃음을 짓는 글렌 옆에서 루미아는 홀로 생각에 잠겼다.

　사자 소생 계획 『Project : Revive Life』.

　요컨대, 카피와 카피와 카피를 섞어서 복제 인간을 만들어내는 계획이다. 하지만 그 구성요소는 전부 복제일 뿐, 되살리려는 본인의 오리지널은 그 어디에도 존재하지 않았다.

　"하지만…… 그게 정말로 부활이라 할 수 있을까요?"

　"확실히 이 방법으로 소생한 인간은 엄밀한 의미로 따지면 본인이라고 할 수 없습니다. 하지만 주변 사람들에게는 죽었을 터인 인간이 전혀 변함없는 모습과 인격, 기억을 가지고 돌아오는…… 당시에는 그런 의미로 유용성이 제기되었지요. 이 프로젝트가 성공한다면 위대한 영웅이나 우수한 인재가 예기치 못한 죽음을 맞이하더라도 완전히 같은 능력, 같은 모습을 가진 인간으로 바로 되살려낼 수 있을 테니까요."

　루미아는 살짝 오한이 들었다. 만약 자신이 죽는다고 해도 자신이 아닌 또 다른 자신을 시스티나를 비롯한 지인들이 루미아로서 받아들인다면, 그 반대의 경우는…….

　상상하면 할수록 더더욱 무서운 기분이 들었다.

　"당신이 불안해하는 건 이해합니다. 아마 당신이 느끼는 그 감정은 프로젝트의 전후를 통틀어서 늘 제기되었던 의문이었으니까요. 제국 국교회의 사제들과도 자주 토론을 했지요. 한때는 레자리아 왕국의 성 엘리사레스 교회에서도 찾아 왔을 정도였습니다."

그야 당연하다. 생명은 신이 창조한 것. 삶을 영위한 끝에 사후의 축복과 내세의 희망이 찾아온다는 신구(新舊) 엘리사레스 교의 교의를 정면으로 부정하는 것과 다름없는 연구 내용이니까. 신앙심이 깊은 종교가들과 상당한 갈등을 겪었으리라.

"하지만 안심하시길. 이 프로젝트는 결론적으로 말해 실패로 끝났으니까요. 왜냐하면 연구가 진행되는 사이에 마술 언어인 『룬』의 기능 한계라는 절대적인 벽에 부딪혔기 때문입니다. 그 결과, 이 프로젝트는 싱겁게 파기되고 말았지요."

"……기능 한계요?"

"그렇습니다."

"그게 대체 뭔가요? 당시의 술식 구축 기술이 부족해서 완성하지 못한 게 아니라요?"

루미아는 의아한 얼굴로 반문했다.

"루미아. 룬어가 이 세계에서 태어난 최초의 영혼이 터트린 음색……『원초의 소리』에 가까운 형태로 만들어진 언어라는 건 기억하고 있겠지?"

루미아의 그 의문에 대답해준 것은 글렌이었다.

"아, 예. 룬이 『원초의 소리』에 가까운 언어이기에 영창할 때는 특수한 발성법이 필요한 거고, 저희가 표층의식에서는 주문이 무슨 뜻인지 이해하지 못해도 심층의식에서는 제대로 의미를 이해하고 있다는 그 말씀이시죠? 다만,『원초의 소리』에 가깝다고는 해도 고작해야 인간이 만든 언어니까 천사 언어나 용 언어에 비하면 꽤 엉성하다고……."

"그래, 맞아. 잘 기억하고 있네. 그럼 다시 아까 그 이야기로 돌아가겠는데, 그 룬을 조합해서 마술 함수를 만들고 또 그 마술 함수로 만든 게 마술식이다만…… 룬어로는 아무리 용을 써 봐도 조금 전의 그 삼대요소를 하나로 합성하는 함수와 식을 만들어낼 수 없었어. 이건 술식 구축 기술이 부족해서 그런 게 아니라 룬어라는 엉성한 마술 언어 그 자체가 내포한 문제였던 셈이지. 결국 룬어의 잠재 스펙으로는 그 술식을 완성하는 건 불가능하다는 것까지 증명됐거든. 이게 바로 마술 언어인 룬어의 기능 한계라는 거다."

거기까지 단숨에 설명한 글렌은 어깨를 움츠렸다.

"요컨대, 아무리 솜씨 좋은 도검 제작자라도 강철이 재료라면 강철보다 단단하고 질긴 진은(眞銀)^{미스릴}제 방패를 벨 수 있는 검을 만들어내는 건 불가능한 것과 같은 이치인 셈이지."

"하하하! 꽤 재미있는 예시로군요. 글렌 선생님."

"그리고 또 한 가지 치명적인 문제가 있었던 거다. 오히려 이게 더 심각한 문제였지."

버크스의 칭찬하는 말을 아무렇지 않게 흘려 넘긴 글렌은 담담한 목소리로 설명을 계속했다.

"부활에 필요한 삼대요소 중 하나…… 영혼의 대체품인 『얼터 에테르』 말이다만, 이걸 만들어내려면 아무런 관계도 없는 다수의 인간에게 영혼을 추출해내고 가공해서 제련하는 수밖에 없었던 거다."

"예?! 그렇다면…… 설마……."

"그래. 한 명을 되살리려면 확실하게 다른 인간이 몇 명이나 죽어야할 필요가 있었던 거지. 도저히 이런 연구가 허락될 리 없었던 거야. 신이 아닌 인간에게 살아있는 자의 목숨을 취사선택할 권리는 없으니까."

"허허, 글렌 선생님께 좋은 부분을 전부 빼앗기고 말았군요. 여하간 그런 식으로 복잡한 문제가 끊임없이 터져 나오는 바람에 결국 이 프로젝트는 봉인된 겁니다."

버크스는 인자하게 웃으며 갑자기 끼어든 글렌의 설명을 보충했다.

"뭐, 어느 마술 결사가 이 프로젝트를 빼내서 희대의 천재 연금술사를 동원해 간신히 완성했다는…… 수상쩍은 일화가 남기는 했습니다만."

"네, 그런 소문도 있었네요. 도시 전설 수준의 소문이지만."

"……선생님?"

루미아는 한순간 글렌이 심각한 표정으로 입을 다문 것을 눈치챘다.

"……아니, 아무것도 아니니까 신경 쓰지 마라."

글렌은 무뚝뚝하게 고개를 돌려 버렸다.

루미아는 글렌이 만들어낸 미묘한 분위기를 환기하기 위해 버크스에게 생각나는 대로 대충 질문을 던졌다.

"저기…… 이건 단순한 흥미 위주의 질문인데…… 만약 그 『Project : Revive Life』를 정말로 성공시키려면…… 대체 뭐가 필요한 걸까요? 그 필연적인 희생자 문제도 해결하는 방향으로요……."

"호오? 그 절대로 불가능하다는 낙인이 찍힌 『Project : Revive Life』에 도전해볼 생각입니까?"

"아, 아뇨. 그런 게 아니라 정말로 그냥 해본 질문인데……."

루미아는 당황한 듯 손을 내저었다.

"그래도 괜찮습니다. 우리는 이미 마술적인 상식에 깊이 사로잡혀서 그런 기초적인 의문조차 다시 돌이켜볼 기회도 없었으니까요. 역시 젊은이의 시점이라는 건 부러울 따름이 군요."

"아, 아하하…… 그런……."

쑥스러운 듯 웃는 루미아 앞에서 버크스는 입가에 손을 대고 잠시 생각에 잠겼다.

"흠…… 그렇다면…… 불가능하다고 일컬어지는 『Project : Revive Life』를 성공시키려면 크게 두 종류의 방법이 있겠군요. 먼저 예를 들 수 있는 건 오리지널입니다."

"······오리지널이요?"

"예, 그렇습니다. 오리지널이란 그 사람이 지닌 독자적인 퍼스널리티······ 영혼의 존재방식을 응용한 마술입니다. 오리지널은 때때로 이론상 불가능한 술식을 성공시키는 경우도 있으니 만약 『Project : Revive Life』에 특화한 퍼스널리티를 가진 인물이 존재한다면······ 그 인물은 틀림없이 프로젝트를 성공시킬 수 있겠지요."

"하지만 그런 인물이 나타나는 건 천문학적인 확률이잖아요?"

시스티나도 참지 못하고 끼어들었다.

"하하하, 지당하신 말씀이군요. 그리고 또 한 가지 방법은······ 룬어보다도 훨씬 더 『원초의 소리』에 가까운 언어를 사용하는 것. 예를 들면 용 언어나 천사 언어. 이 언어들은 룬어보다도 압도적으로 『원초의 소리』에 가깝다고 여겨지고 있습니다. 성공할 가능성은 충분히 있겠지요."

"하지만 용 언어나 천사 언어는 인간이 마술 언어로 쓸 수 없는 게······."

"그렇습니다. 그래서 용 언어와 천사 언어가 아닌 동시에, 인간이 쓸 수 있는 룬어를 능가하는 마술 언어가 존재한다면······. 뭐, 애당초 이 전제부터 이상하기는 합니다만."

버크스는 쿡쿡 하고 뭔가가 함축된 웃음을 흘렸다.

"죄, 죄송합니다. 쓸데없는 질문을 드려서······."

"괜찮습니다. 이렇게 젊은이들과 이야기를 나누고 있자니 저 역시 젊어진 기분이 드니까요. 그것도 여러분처럼 무척 아름다운 아가씨들이라면 더더욱 말이지요."

"그, 그런……."

"아하하, 칭찬이 능숙하시네요. 버크스 씨."

루미아와 시스티나는 쑥스러운 듯 웃었다.

"자, 그럼 이야기는 이쯤하고 다음 시설로 가볼까요. 오늘은 아직 더 여러분께 보여드리고 싶은 장소가 많이 있으니 말입니다……."

잇따라 눈앞에 펼쳐지는 신비에 놀라움이 끊이지 않는 시간. 장래에 어떤 형태로든 마술과 연관된 길을 걸으려는 마술학원의 학생들에게는 참으로 유익한 한때였다.

눈 깜짝할 사이에 시간이 흘러 연구소 견학을 마칠 즈음에는 이미 저녁 무렵이었다.

아쉬움을 남기고 귀갓길에 접어든 학생들은 흥분이 식지 않은 얼굴로 거친 길을 걷는 고단함도 잊은 채 마술을 화제로 꽃을 피웠고, 어느새 북동쪽 연안에 있는 여관에 도착했을 때는 이미 해가 완전히 저문 한밤중이었다.

이제부터는 자유시간이다. 기운이 남은 사람들은 식사를 사 먹거나 노점을 구경하러 거리로 나섰고 지친 사람들은 자기 방으로 돌아가 쉬는 등, 학생들은 몇 개의 그룹으로 나뉘어서 제각기 행동을 개시했다.

리엘은 그런 학생들의 모습을 여관 건물 앞에 서서 멍하니 지켜보았다. 그 등은 왠지 평소보다 작게 보였다.

그런 리엘을 보다 못한 루미아는 결심을 굳히고 그녀에게 말을 걸었다.

"얘, 리엘. 우린 이제부터 거리로 뭐 좀 사 먹으러 갈 예정인데 괜찮다면 같이……."

"……싫어."

하지만 리엘은 노골적으로 거절하고 어딘가로 떠나려 했다.

"리엘……"

루미아는 슬픈 얼굴로 그녀의 등을 쳐다보았다.

시스티나는 화가 난 표정으로 그녀의 등을 노려보았다.

그리고 그런 리엘에게 거침없이 다가가는 자가 있었다.

"야, 적당히 좀 해. 리엘."

글렌이었다.

아무래도 더는 간과할 수 없었다. 사이가 멀어진 건 그렇다 쳐도 리엘이 계속 이런 식으로 나오면 루미아의 호위라는 임무에 지장에 생기고 만다. 글렌은 상황에 따라서는 야단치는 것도 마다하지 않을 각오로 리엘의 어깨를 붙잡았다.

"언제까지 혼자 토라져서—"

"시끄러워!"

하지만 리엘은 글렌의 손을 뿌리치고 도망치듯 달려갔다.

통행인을 밀치면서 뒷골목으로 들어갔고 그대로 눈 깜짝할 사이에 모습을 감추고 말았다.

"……칫. 저 바보 녀석……"

자, 그럼 이제 어떻게 해야 좋을까. 글렌이 어떻게 대응해야 할지 고민하고 있자─

"쫓아가 주세요, 선생님."

루미아가 먼저 그렇게 말을 꺼냈다.

"저희는 괜찮으니까요. 그런 것보다 지금은 리엘이 우선이에요. 저희가 쫓아가 봤자 아마 역효과만 날 테니…… 지금은 선생님께서 리엘의 곁에 있어 주세요."

"……미안하다."

글렌도 지금의 정서 불안정 상태의 리엘을 저대로 내버려둘 수는 없었다.

"잠깐 리엘이랑 이야기 좀 하고 오마."

그 말을 남기고 글렌은 리엘을 쫓아서 달려나갔다.

"하아─ 하아─ 하아─."

세찬 물결처럼 뒤로 흘러가는 풍경 속에서 리엘은 끓어오르는 충동이 이끄는 대로 오로지 달리기만 하면서 생각했다.

어째서일까. 답답하다. 숨이 막힌다. 가슴이 괴롭다. 눈시울이 뜨겁다.

난 병이라도 걸린 게 아닐까.

답이 나오지 않는 의문이 가슴속에서 빙글빙글 소용돌이 쳤고 조금도 나아지는 낌새가 없었다.

슬픈 표정을 지은 루미아.

화난 표정을 지은 시스티나.

그녀들의 그런 시선을 받자…… 어째서 이토록 가슴이 괴롭고 눈시울이 뜨거워지며 불쾌한 최악의 기분이 드는 것일까.

어쩌면 자신은 뭔가 잘못을 저지른 게 아닐까.

……관계없다. 그 녀석들 때문에 글렌은 내 곁에서 떠나고 말았다.

나에게서 글렌을 빼앗은 녀석들과 함께 있을 수는 없었다.

나쁜 건 그 녀석들. 그 녀석들이다.

그래서 나는 그 녀석들이 진심으로 싫은 것이 분명하다.

그러니까 그 녀석들과 지금까지 함께 지내면서 느낀 기분 좋은 감정은 전부 거짓이다.

그래서 이렇게 가슴이 괴로운 건 기분 탓이다. 기분 탓인 게 틀림없다.

……하지만.

"그럼 왜…… 이렇게 괴로운 거야……?"

같은 생각은 몇 번이고 되풀이하면서 리엘은 달렸다. 오로지 달렸다.

무언가로부터 달아나듯. 사고가 정체되는 것을 떨쳐내려

는 듯.

그저 하염없이 달리기만 했다.

……그리고.

리엘은 계속 달린 끝에 북동쪽 연안 관광지에서 더 북쪽에 있는 구 개발지구에 도착했다.

이 주변은 과거에는 관광지로 개발했었지만 제반 사정에 의해 개발을 포기한 까닭에 지금은 사람 한 명 없는 유령도시였다.

램프의 불빛 하나 없는 새까만 어둠.

그런 쓸쓸하게 죽은 거리를 리엘은 그저 홀로 정처 없이 걸었다.

이윽고 그녀는 비틀거리는 걸음걸이로 버려진 옛 항구에 도착했다.

넘실거리는 파도가 방파제에 부딪혀서 물보라를 허공에 수놓는다.

차갑게 부는 거친 바닷바람이 리엘의 피부를 인정사정없이 괴롭혔다.

눈앞에 펼쳐진 것은 새까만 심연의 색으로 채워진 바다. 지금 이 순간, 어떤 괴물이 바닷속에서 모습을 드러내도 전혀 이상하지 않은— 그런 원초적인 공포를 숨기고 있는 암흑의 영역.

어째서일까.

어젯밤에 루미아와 시스티나와 함께 본 밤바다는 그토록 아름다웠건만…….

지금은 무릎이 떨릴 정도로 그저 두렵기만 할 따름인 마물의 바다 같았다.

이제 그런 아름다운 광경을 보는 건 두 번 다시 불가능한 일일까.

갑자기 그런 생각이 든 순간―.

"……흑"

어째선지―.

"……훌쩍…… 흑흑……."

리엘은―.

"왜…… 어째……서……?"

눈가에서 자연스럽게 눈물을 흘리며 오열했다.

큰 소리로 흐느껴 우는 건 아니었다.

하지만 끊임없이 흐르는 눈물은 멈출 기색이 없었다.

대체 무엇일까. 이 가슴을 짓누르는 감각은…….

난 이상해졌다.

임무로 그 학원에 편입해서 그 두 사람과 같은 시간을 보내게 된 후부터 뭔가가 이상하다. 뭔가가 어긋났다. 전에는 이런 감정을 느껴본 적도 없었는데―.

리엘은 혼자서 계속 조용히 울었다.

…….

……그리고.

갑작스럽게 자신을 부르는 목소리가 들려왔다.

"……우는 거니? 리엘."

리엘의 뒤에서 들려온 것은 어쩐지 귀에 익은 목소리였다.

그건 그렇고 누군가가 말을 걸어올 때까지 접근한 것을 눈치채지 못하다니…… 지금의 자신은 정말로 어딘가 이상해진 모양이었다.

"―누구?!"

리엘은 재빨리 몸을 돌리는 것과 동시에 허리를 굽히고 땅에 손을 대서 즉시 대검을 연성했다.

꿍음을 울리며 회전한 검끝 앞에 서 있던 것은 백의 타입 로브를 걸친 청년이었다.

그리고 그 청년의 머리카락은 제국에서는 보기 드문 선명한 파란색이었다.

'……어?'

자신은, 이 청년을…… 어딘가에서 본 적이…… 있다?

"……누, 누구야! 넌 대체 누구냐고!"

하지만 기억이 나질 않았다.

기억을 떠올리려고 하니 마치 안개가 낀 것처럼 머릿속이 새하얗게 변해서 청년의 정체를 파악할 수가 없었다.

영문을 알 수 없는 초조함에 감싸인 리엘은 떨리는 검끝으로 청년을 겨눈 채 마치 악을 쓰는 것처럼 재차 청년의 정체를 물었다.

"너무하네. 날 잊어버리다니…… 뭐, 오랜만이니까 어쩔 수 없으려나?"

"대답해! 넌…… 대체 누구야! 어떻게 날 알고 있는 거지?!"

"……괜찮아."

당장에라도 격앙해서 덤벼들 것처럼 고함치는 리엘과는 반대로 청년은 계속 부드럽고 온화한 미소를 무너트리지 않았다. 리엘을 진심으로 믿는…… 그런 눈치다.

"넌 내가 누군지 알고 있을 거야. 잘 기억해보렴……."

"……."

리엘은 청년의 얼굴을 응시했다.

이목구비. 몸짓. 표정. 역시 낯이 익다.

대체 언제였을까. 어디서 만났던 것일까.

□□□□□□□□□□□□□□□□□□□□□□□□□□□□□□□.

……그리고.

그 답은…… 어째선지, 느닷없이 마음속 깊은 곳에서 거품처럼 떠올랐다.

"……오빠? 설마…… 오빠야?"

자신이 한 말에 놀라면서 리엘은 청년을 쳐다보았다.

"맞아, 리엘. 오랜만이구나. ……난 지금까지 줄곧 널 만나고 싶었어."

그러자 청년은 방긋 웃으면서…… 그렇게 대답했다.

"……칫."

흐린 안개가 낀 밤의 숲 속, 그 깊은 어둠 속에서—.

검은 외투를 입고 팔짱을 낀 채, 큰 나무에 등을 기대고 있던 남자— 알베르트는 지긋지긋하다는 듯 자기도 모르게 혀를 찼다.

알베르트가 현재 있는 이 장소는 북동쪽 연안의 관광지 서쪽의 출입이 금지된 숲 속이었다.

그는 거기서 원견(遠見) 마술을 다중 기동하며[멀티 태스크] 루미아 일행을 감시하는 중이었다.

리엘이 자리를 이탈한 탓에 그쪽에도 감시하는 눈을 보냈지만…….

"……그렇게 나오는 거냐."

적 조직…… 하늘의 지혜 연구회는 그 틈을 놓칠 생각이 없는 모양이었다.

이번에도 빈틈없이 함정을 펼쳐뒀을 줄이야. 놈들의 수완에는 진심으로 감탄했다.

—글렌이 리엘과 합류하려면 아직 시간이 필요하다.

—그러니 내가 움직이는 편이 나을 것이다.

그렇게 판단한 알베르트가 관광지를 향해 달려가려 했지

만一.

"……흥. 과연 행동이 빠르군. 아니, 내 판단이 어수룩했다는 편이 옳으려나."

즉시 다리를 멈추고 빈틈없이 주위를 경계하기 시작했다.

어느 틈에 이 일대에는 노골적으로 사람의 접근을 물리치는 결계가 펼쳐져 있었다. 게다가 소리를 차단하는 술식까지 덤으로. 이 상태로는 결계 안에서 무슨 일이 벌어지든 아무도 눈치채지 못할 것이다.

이런 벽지의 출입이 금지된 숲 속에 관계없는 인간이 일부러 들어올 리도 없건만 술자는 어지간히 용의주도한 인물인 모양이었다.

그리고一.

"후훗…… 오늘 밤은 혼자이신 모양이네요? 알베르트 님……."

어딘가 위험한 열기를 띤 요염한 여자의 목소리가 주위에 울려 퍼졌다.

"그럼 오늘 밤은 제 상대를 해주시지 않겠어요? 왠지 오늘은 이상할 정도로 몸이 달아올라서 견딜 수가 없답니다……. 아무쪼록 제 상대를 맡아주신다면……."

알베르트의 뒤쪽, 나무그늘 사이에서 살며시 모습을 드러낸 그 여자는一.

"뜨겁게 타오르는 하룻밤의 꿈, 배덕적이고 퇴폐적인 열락의 한때를 제공해드릴 테니까요……."

"공교롭게도."

알베르트는 낭비가 없는 세련된 동작으로 뒤를 돌아보는 동시에 왼손의 손가락을 상대에게 겨누었다.

이미 영창을 저장해둔 주문, 시간 차를 두고 발동한 흑마 【라이트닝 피어스】의 눈부신 섬광이 어둠을 가르며 여자를 향해 일직선으로 질주했다.

"난 네놈 같은 싸구려 창녀에게는 관심이 없다. 꺼져라."

"아앙~. 냉정하신 분…… 그리고 너무하시네요. 여자는 비단을 다루는 것처럼 부드럽게 다뤄야 하는 법이라구요?"

"설마 네놈이 나설 줄이야. 하늘의 지혜 연구회, 어뎁터스 오더 중 한 명인 외도 마술사 엘레노아 샤레트."

"어머? 벌써 제 위계가 들통 난 모양이네요? 군인분들도 제법이시군요."

알베르트가 맹금류 같은 날카로운 시선으로 노려보는 여자— 엘레노아는 어둠속에서 살며시 붉은 선을 긋는 듯한 요사스러운 미소를 지었다. "네놈이 나섰다는 건, 그 조직 이 또 그 왕녀 관계로 얼토당토않은 계획을 꾸몄다는 뜻이 겠군. 하지만 여기까지다. 네놈은 이제 곧 이 자리에서 퇴장 할 테니."

"어머나, 성급하신 분. 차려진 밥상 앞에서 쉽게 자제심을 잃는 남성은 상대에게 미움받기 마련이랍니다. 그렇게 조급

하게 굴지 않으셔도……."

엘레노아가 갑자기 주문을 영창하더니 한차례 손가락을 튕겼다.

그러자 알베르트 주위에 있는 바닥을 헤집고 뭔가가 잇따라 기어 나와서 그를 포위했다.

뭔가가 썩은 냄새, 송장이 썩은 냄새가 주변 일대에 감돌기 시작했다.

썩어 문드러진 피부. 그 아래에 노출된 뼈. 한눈에 깨달았다. 이들은 전부 인간의 시체다.

게다가 어째선지 전원이 여성이었다. 무슨 이유인지는 모르겠지만 엘레노아가 소환한 것은 전부 여성으로 이루어진 망자의 무리였다.

전원이 여성— 마치 엘레노아의 일그러진 광기의 일면을 나타내는 구성이었다.

"이렇게 아리따운 저희들이 성심성의껏 봉사해드릴 준비를 마치고 있으니까요……."

"……사령술사(死靈術師)인가."

알베르트는 마치 침을 내뱉는 것처럼 말하고 날카로운 안광으로 엘레노아를 노려보았다.

"좋다, 외도. 상대해주마. ……하지만 난 여성 취향이 까다로운 편이지."

"후후, 아무쪼록 알베르트 님께서 만족하실 수 있도록 노력해보죠. ……그럼."

그리고 엘레노아는 재빨리 주문을 영창하기 시작했다.

그러자 망자의 무리가 일제히 알베르트에게 몰려들었다.

"흥.《울부짖어라 불꽃의 사자여》—."

알베르트는 즉시 한 소절의 룬으로 주문을 영창했다.

그의 왼팔이 불길에 휩싸였고—.

깊은 어둠에 잠긴 숲 속에서 거대한 불기둥이 솟구쳤다.

"거짓말…… 오빠…… 그럴 리가…… 어떻게……?"

경악한 나머지 망연자실한 상태로…… 리엘은 눈앞의 남자를 쳐다보았다.

과거에 지키고 싶었으나 결국 지켜내지 못했던 사람이……
잃어버렸던 목표가, 대신할 존재를 찾고 있었던 목적이……
지금 바로 그녀의 눈앞에 나타난 것이다.

"당신은…… 오빠는…… 분명…… 죽었는데…… **그 녀석**에게 살해당해서……."

"……**그 녀석? 그 녀석**이라는 게 대체 누구니?"

"……그, 그건."

리엘은 입을 다물었다. 그렇다. 오빠를 죽인 **그 녀석**은 대체 누구였을까.

□□□.

틀렸다. 기억이 나지 않는다. 그 기억은 새하얗게 물들어

있었다.

"내가 누구에게 살해당했는가는 사소한 문제잖아. 너에게 중요한 건, 네 오빠인 내가 이렇게 다시 살아 돌아왔다는 사실뿐이잖아? 내 말이 틀려?"

그렇다. 이름조차 떠오르지 않는 **그 녀석**의 존재 같은 건 사소한 문제다.

"오빠…… 어, 어떻게 살아있는 거야? 오빠는 분명……."

"분명 난 너와 함께 그 조직을 탈출하려는 계획이 발각된 그 날 조직의 흉수에 당했어. 하지만 그때의 넌 당황하느라 눈치채지 못했던 것뿐이야. 내가 아직 숨이 붙어 있었다는 사실을."

그렇다. 그 날. 오빠가 죽은 그 날.

그 날은— □□□이 오빠 □□을 □□□, 나는 □□□……. □□□□□□□□□□□□□□□□□□□□□□□□□□□□□.

"으윽……."

두통이 났다. 기억에 묘한 공백이 있다. 이상하다.

글렌이 옛날 일은 그만 잊으라고 입이 닳도록 말하기도 했고, 실제로 기억을 떠올리려고 하면 영문을 알 수 없는 두통이 생겨서 되도록 떠올리려고 하지 않았지만…… 뭔가가, 이상한 기분이 든다. 고작 2년 전의 일인데…… 이 정도까지 기억이 불확실한 게 말이 되는 일일까.

"괘, 괜찮아? 리엘, 그날 일은 너에게도 충격적인 사건이었을 거야……. 기분이 나빠졌다면 깊게 생각하지 않는 편이 나아."

"으……응……."

자신을 배려하는 오빠의 말에 리엘은 생각하는 것을 그만두었다.

아니, 생각해내야만 한다. ……마음속 어딘가에서 희미하게 경종이 올렸지만 생각할수록 계속 머리가 아파져서 그 소리를 무시했다.

그리고 리엘에게는 오빠의 말이야말로 그 무엇보다 우선시해야 하는 것이었다.

"그, 그런데…… 오빠…… 왜…… 여기에……?"

"그야 당연하잖아. 널 만나러 온 거란다, 리엘."

오빠는 여전히 온화한 표정을 무너트리지 않고 말했다.

"2년 전에 넌 기적적으로 제국 궁정 마도사단에 망명해서 자유를 손에 넣었어. 하지만 난 실패했고…… 지금도 조직의 노예야."

"그럴…… 수가……."

오빠의 말에 리엘은 가슴이 짓뭉개지는 듯한 죄책감을 느꼈다.

만약 오빠의 말이 사실이라면…… 과거에 오빠를 지키겠다고 맹세했던 자신은 지금까지 대체 뭘 하고 있었던 것일까.

"오, 오빠…… 미안……. 난…… 아무것도…… 모르고……."

"사과하지 않아도 돼. 네가 나쁜 게 아니니까. 하지만 만약 네가 나에게 죄책감을 느꼈다면……."

매달리는 듯한, 애원하는 듯한 목소리로 청년은 말했다.

"……날 도와줘. 리엘."

그 말에 리엘은 살짝 눈을 크게 떴다.

"……도와달라고?"

"너도 알잖아? 그 조직이 배신자를 어떻게 취급하는지…… 난 이제 견딜 수가 없어……. 내가 이렇게 살아있는 건 우연히 조직에 이용가치가 있는 능력을 갖고 있었기 때문이야……."

"하, 하지만……도와달라니……. 뭘 어떻게 해야 하는데?"

무표정한 얼굴에 감출 수 없는 동요를 드러낸 리엘은 조심스럽게 물었다.

"루미아 틴젤."

"……!"

되돌아온 오빠의 대답에 리엘의 안색은 창백하게 굳었다.

"지금 조직은 어떤 계획을 준비하고 있어. 그 계획에는 루미아라는 소녀가 필요해. ……그리고 그녀를 지키는 글렌이라는 마술강사가 눈엣가시고. 나는 그 녀석을 배제해야만 해."

아무리 리엘이라도 지금 오빠가 무슨 말을 하는 건지 바로 이해했다.

"나에게 협력해주렴, 리엘. 그날 이후 조직을 순종적으로 따른 지 2년…… 조직은 마침내 나에게 기회를 준 거야. 루미아의 신병을 구속하고 어떤 계획을 성공시키면…… 조직은 나에게 자유를 주겠다고 약속했어."

"아아…… 아…… 아……."

즉, 이건 글렌을, 루미아를, 그들을 배신하라는 뜻이다.

그리고 아마도 이 제안을 받아들인다면…… 자신은 두 번다시 이쪽으로 돌아올 수 없으리라.

……어째서일까.

갑자기 글렌의 기막혀하는 얼굴이, 루미아의 슬퍼하는 얼굴이, 시스티나의 화난 얼굴이 머릿속에 떠올랐다.

왜 이렇게 두려운 기분이 드는 것일까.

자신은 오빠를 위해서라면 무슨 일이든 할 수 있고 실제로 예전에는 그렇게 살아왔다. 그런데 이제 와서 도대체 무엇이 두려운 것일까.

글렌은 우연히 오빠를 조금 닮아서 대신 따랐을 뿐. 루미아는 임무 때문에 어쩔 수 없이 함께 있었을 뿐. 시스티나에 이르러서는 덤에 불과하다.

그런데도—.

그들을 배신하는 것에— 어째서 이렇게까지 두려움을 느끼고 있는 것일까.

자신은 오빠를 위해 살아가는 게 아니었던가.

사실 그 밖의 일은 아무래도 상관없다고 생각했던 게 아니었던가.

"으…… 아…… 아…… 나……나는……."

리엘은 머리를 부둥켜안고 오빠에게서 달아나듯 뒷걸음질을 쳤다.

발밑이 무너져 내리는 감각.

오빠의 눈을 바라보고 있으면 마치 자신이 아닌 다른 존재로 변해가는 듯한…….

그리고 그런 리엘에게 오빠는 슬픈 목소리로 속삭였다.

"리엘…… 넌 날 지켜주는 게 아니었어? 또 날 버리고 떠나가려는 거야……?"

"아……."

그 말을 듣자―.

지금 이 순간, 리엘의 마음속 어딘가에서 뭔가가 부서진 기분이 들었다.

"……나, 나는……."

리엘의 입에서 뭔가 결정적이 말이 나오려한― 그 순간이었다.

"리엘! 그 남자에게서 떨어져!"

갑자기 근처에서 날카롭게 위협하는 노성이 울려 퍼지더니 질풍처럼 달려온 그림자가 리엘과 리엘의 오빠 사이로 끼어들었다.

그 인물은 어깨에 걸친 로브를 바람에 나부끼면서 오빠를 마주 보았다.

"……앗?! 글렌 레이더스?!"

리엘의 오빠는 경악과 공포가 뒤섞인 표정으로 느닷없이 난입한 인물을 응시했다.

"호오? 날 알고 있다는 건…… 하늘의 지혜 연구회로군?"

글렌은 상대가 자신의 이름을 알고 있다는 사실에 눈썹을 날카롭게 세우고 위협하는 낮은 목소리로 으르렁거렸다.

"아, 아니…… 난……."

"변명은 필요 없어. 애초에 그 로브는 그 멍청이들의 조직에 속한 포틀스 오더의 예복이잖아? 내가 그 빌어처먹을 옷을 못 알아볼 리가 없지. 게다가……."

글렌은 그 남자의 얼굴을 뚫어지게 노려보았다.

"그 조직의 구성원이라면 몸 어딘가에 단검을 휘감은 뱀의 문신을 새기고 있겠지. 일단 나한테 좀 처맞은 후에 확인해 보자. 내 착각이었다면 바닥에 머리라도 찧고 사과해주마."

"으……."

글렌의 말을 들은 청년은 새파랗게 질려서 노골적으로 당황했다.

그 여유가 느껴지지 않는 태도에 글렌은 자신의 예상이 틀림없다고 확신했다.

"참 나, 일을 열심히 하는 것도 정도껏 하라고. 이런 데까지 쫓아와서 수작을 부리는 거냐. 가끔은 좀 쉬라고, 빌어먹을. 하지만 경솔했군."

글렌이 손에 들고 있는 건 『광대』의 아르카나였다.

"리엘에게 무슨 소리를 지껄였는지는 모르겠다만, 내가 합류할 시간을 준 게 네 실수였다. 외도 마술사."

글렌은 이미 오리지널 【광대의 세계】를 발동하고 있었다. 그를 중심으로 일정 효과 범위 안에서 마술의 발동을 완전히 봉쇄하는, 마술사를 무력화하기 위한 마술이다.

최단 영창 속도는 세 소절, 마력 용량도 평범하기 그지없는 삼류 마술사인 글렌이 궁정 마도사단의 에이스 중 한 명으로 자리 잡게 한 비기. 『광대』 앞에서 모든 마술사는 무력한 갓난아기나 다름없다.

조금 전부터 남자의 반응을 보아하니 이 남자는 거친 일에 익숙한 전투 타입 마술사는 아닌 모양이지만…… 그래도 방심은 금물이다.

"네가 어떤 비술을 가지고 있건 간에 이미 다 소용없어. 전부 무력화했으니까. 포텔스 오더 같은 조직의 말단이 변변 찮은 정보를 가지고 있을 리가 없겠지만, 어디까지나 만약을 위해서다. 리엘, 이 녀석을 생포하자."

글렌은 품에 『광대』의 아르카나를 거두고 서서히 남자와 거리를 좁혔다.

이때 글렌은 이 상황에서 자신의 우위를 믿어 의심치 않았다.

마술 발동은 봉쇄했다. 그리고 머릿수는 2대 1.

자신과 리엘은 제국 궁정 마도사단 중에서도 굴지의 격투전 능력을 보유하고 있는 데다가 리엘의 경우는 이미 검까지 연성해둔 상황이다. 반면에 상대는 아무런 무장도 하고 있지 않았다. 사전에 기동한 마도기(魔導器)의 기척도 느껴지지 않았다.

상황은 한없이 이쪽에 유리했고 리엘과 함께 싸운다면 틀림없이 이길 수 있었다.

그래서—.

"……어?"

글렌은 갑자기 자신의 등에서 느껴진 충격과 다음 순간 전신을 내달리는 타오르는 듯한 감각의 정체를— 잠시 동안 이해하지 못했다.

"쿨럭……."

목에서 솟구치는 피비린내에 숨이 막혔다.

"……리……엘……?"

글렌은 고개만 돌려서 망연자실한 표정으로 등 뒤의 리엘을 흘겨보았다.

이게 대체 무슨 농담일까. 착각일까.

"……."

리엘은 빛이 머물지 않는 공허한 눈으로 양손에 든 대검을 글렌의 등에 찔러 넣고 있었다. 새하얀 칼날은 글렌의

등부터 오른쪽 가슴을 완전히 관통해 새빨갛게 물들어 있었다.

"쿨럭……! ……컥…… 어, 어째서……?"

글렌은 피를 토하며 지금 이 상황에서는 부질없는 질문을 던졌다.

"……너…… 서, 설마……?! 거짓말……이지……?"

믿을 수가 없다.

그런 감정을 얼굴 한가득 드러내는 글렌에게―.

"……지금까지, 고마웠어."

리엘은 글렌의 몸에서 튄 피로 젖은 공허한 얼굴을 돌리며 느닷없이 감사의 말을 꺼냈다.

"하지만 난…… 거기 있는 오빠를 위해 살아가야만 해."

"……뭐? ……오빠?"

그 순간―.

글렌은 믿을 수 없는 것을 본 표정으로 눈을 크게 부릅뜨고 리엘을 응시했다.

"……리, 리……엘…… 너…… 그게 무슨……?!"

"……잘 가."

리엘은 글렌의 몸에 박혀있는 대검을 아무렇지 않게 휘둘렀다.

그러자 글렌의 몸이 피를 흩뿌리면서 리엘을 중심으로 크게 회전했다.

"―?!"

그 기세로 검에서 뽑힌 글렌의 몸이 포물선을 그리며 날아갔다.

그 궤적을 따라 붉은 피를 하늘에 수놓으면서…….

그리고 성대한 물기둥이 솟구치는 것과 동시에 어두운 바닷속으로 잠겨 들었다.

글렌의 몸은 눈 깜짝할 사이에 거친 파도에 삼켜져서 두 번 다시 떠오르지 않았다.

"……."

리엘은 유리알 같은 눈으로 글렌이 가라앉은 바다를 지그시 응시했다.

아무 말 없이. 그 눈동자에는 아무런 감정도 떠오르지 않았다.

그저 차가운 바닷바람만이 리엘의 마음을 공허하게 스치고 지나갔다.

"……리엘."

멍하니 서 있는 리엘에게 오빠가 위로의 말을 건넸다.

"날 위해…… 고맙구나. 괴로웠지? 리엘……."

"……아니. 난…… 그저…… 오빠를 위해……."

리엘은 유령 같은 목소리로 중얼거리듯 대답했다.

"……그러니까…… 이런 건 아무것도 아니야……. 아무것도 아니니까……."

그렇다. 아무것도 아니다. 예전의 자신으로 돌아왔을 뿐.

오빠를 위해, 오빠만을 지키기 위해 살인을 저지르고 자신의 생명을 마모시켜왔던 예전으로 돌아왔을 뿐.

애당초 그것이야말로 자신이 살아가는 이유. 삶의 방식. 후회 같은 게 있을 리 없다.

이 가슴이 짓뭉개질 것 같은 감각은 전부 거짓. 착각.

루미아와 시스티나…… 바로 이 순간, 그 두 사람과 결정적인 결별을 하게 된 것 같은 이 상실감도 거짓. 착각.

그러므로 두 눈에서 하염없이 흐르는, 뺨을 타고 내려오는 이 눈물도— 틀림없이 뭔가의 착각이리라.

막간I 물거품 같은 꿈이 막을 내리는 순간

"하아……."

그때 루미아는 홀로 소파에 앉아 한숨을 내쉬고 있었다.

여기는 학원의 학생들이 묵는 여관 본관에서 루미아, 시스티나, 리엘에게 배정된 방이었다.

어딘가로 달려간 리엘은 물론이고 지금은 시스티나의 모습도 보이지 않았다.

시스티나는 조금 전에 사이넬리아 섬의 관광지로 저녁 겸 먹을거리를 사러 나갔다. 머지않아 돌아오리라.

사실 반 친구들 대부분은 그런 식으로 다 함께 관광지로 외식하러 나가고 싶어 했고 실제로 같이 가지 않겠느냐는 권유도 받았지만 리엘이 언제 올지 모르니 선뜻 따라나설 수가 없었다.

그리고 루미아가 가지 않는 이상 시스티나 역시 권유를 거절했다.

그녀는 루미아를 두고 자기만 즐기지 못하는 호인이었다.

"……시스티한테는 좀 미안하네……."

아마 시스티나 본인은 전혀 개의치 않겠지만 그래도 신경이 쓰였다.

"리엘……."

오늘 갑자기 태도가 돌변한 소녀의 모습을 떠올린다.

대체 뭐가 그녀의 신경을 건드린 것일까. 아니면 지금까지의 태도는 연기에 불과했고, 타인의 거부하는 그 모습이야말로 리엘의 진짜 모습이었던 것일까.

애초에 그녀와 자신들은 살아온 세계가 너무나도 달랐다.

처음부터 서로를 이해하는 건 불가능한 일일지도 몰랐다.

"하지만……."

자신과 시스티나와 리엘, 그리고 학우들과 함께 보낸 즐거웠던 나날.

그 아름다운 밤바다에서 이런 자신들과 친구가 된 게 싫지 않다고 말해주었던 리엘.

그 시간들과, 그 말에 거짓은 없었을 것이라고…… 그렇게 믿고 싶었다.

분명 뭔가 이유가 있으리라. 그녀가 이 생활을 견디지 못하게 된, 주위를 거절하게 된 이유가 있을 터였다.

그러니 분명 괜찮을 것이다. 리엘과 만나서, 대화하고, 서로 잘못한 일이 있으면 고치고, 사과하면…… 그걸로 끝.

다시 예전과 다름없는 소란스럽고 즐거운 나날이 돌아올 거라고— 루미아는 믿고 있었다.

"일단 리엘과 진지하게 대화를 나눠봐야겠지."

하지만 그 점은 걱정하지 않았다.

리엘을 찾으러 간 건 글렌이다.

그라면 틀림없이 리엘을 찾아서 데리고 와줄 것이다.

그러니 지금 생각해야 하는 건 리엘과 재회했을 때 어떤 말을 꺼내느냐다.

"음……."

어떻게 말을 걸어야 좋을지 고민했다.

"리엘이 화가 난 이유도 모르는데 느닷없이 미안하다고 사과하는 건 좀 이상하고……."

그건 사과가 아니라 단순한 입발림 말, 그녀의 비위를 맞추려는 말일 뿐이다. 그런 짓은 아무래도 하고 싶지 않았다.

의외로 어려운 문제에 봉착한 루미아가 홀로 사색에 잠겨 있던…… 순간이었다.

콰앙!

루미아는 갑자기 방 안쪽의 발코니에서 울린 커다란 소리에 깜짝 놀라 어깨를 떨었다.

그리고 동시에 실내에 인기척이 느껴졌다.

"……어?!"

루미아는 반사적으로 소리가 들린 방향을 돌아보았다.

좁은 발코니로 이어지는 문이 바깥쪽에서 파괴되어 잔해와 파편을 방 안에 흩뿌리고 있었다.

그리고 파괴된 경첩이 흔들거리는 문 옆에는—.

마치 유령 같은 소녀가 서 있었다.

"……어? ……리엘?"

그 얼굴과 체격은 틀림없는 리엘이었음에도 루미아는 한순간 그 소녀가 리엘이라고 인식하지 못했다.

"……."

아무래도 상태가 이상하다. 처음 만났을 때부터 인형 같은 소녀이기는 했지만 지금은 리엘은 당시와 비할 바가 아니었다. 제대로 인간의 형태를 하고 있는데도 마치 망가져서 팔다리가 비틀린 인형 같은 으스스함을 자아내고 있었다.

"아?!"

그리고 방 안의 램프에 비친 리엘의 모습을 늦게나마 제대로 확인한 순간, 바로 머릿속이 새하얗게 물들었다.

피다. 리엘의 뺨과 손은 새빨간 피로 끈적하게 젖어 있었다.

대체 누구의 피인지 — 리엘을 찾으러 가서 그녀와 만났던 게 누구였는지 — 무서워서 생각하고 싶지도 않았다.

그리고 리엘이 그 가느다란 손으로 들고 있는 것은— 대검.

군데군데 피가 묻기는 했지만 그 크로스 클레이모어는 여전히 불길한 빛을 발하고 있었다.

그 검의 희생자는 대체 누구였을까. 잠시 상상한 것만으로도 몸이 떨려왔다.

"……리엘. 너, 대체 왜……?"

하지만 그대로 생각하는 것을 포기하지 않고 모든 불길한 예감을 가슴속에 억누른 채 제정신으로 그렇게 물어본 것만으로도 루미아는 칭찬받을 만했다.

그러나—.

"······미안."

그런 루미아의 노력도 허무하게 리엘은 그 물음에 대답하지 않고 대검을 겨누었다.

이유는 알 수 없었다. 하지만 지금은 달아나야만 한다.

그렇게 직감적으로 느낀 루미아는 다리를 움직이려 했다.

하지만 상대가 너무 안 좋았다.

바람을 가르는 소리가 들리는 것과 동시에 리엘은 루미아의 바로 눈앞까지 단숨에 육박했다.

고작 한 걸음 만에 단축된 피아의 간격. 0.5초의 간격으로 흩어지는 잔상.

······루미아는 반응조차 할 수 없었다. 반응할 수 있을 리가 없었다.

"아······."

정신을 차리고 보니 바로 코앞에는 대검을 크게 머리 위로 쳐드는 리엘의 모습.

'서, 선생님······.'

바로 벼락처럼 하얀 칼날이 떨어져 내린다.

'도와······.'

그 초승달 같은 참격이 루미아의 망막에 강렬하게 새겨진 후—.

그녀의 시야는 칠흑 같은 어둠으로 덧칠되었다.

챙그랑.

강렬한 검압의 여파로 방구석에 장식된 항아리가 기울어
지더니…… 그대로 바닥에 떨어져서 깨지는 소리가 울려 퍼
졌다.

　안녕하세요, 히츠지 타로입니다.

　이번에는 『변변찮은 마술강사의 금기교전』 3권이 발매되었습니다.

　편집자님 및 출판 관계자 여러분, 그리고 이 『변변찮은』이라는 이야기를 지지하고 응원해주신 독자 여러분께도 무한한 감사를. 정말 감사합니다!

　자, 그럼 이 『변변찮은』도 이러니저러니 해서 벌써 3권. 이야기도 조금씩 진행되고 있습니다.

　바로 얼마 전까지 글렌 레이더스라는 변변찮은 청년이 자아내는 황당무계한 이야기가 이 정도까지 큰일이 될 줄은 예상하지도 못했습니다.

　앞으로 글렌 군이 어떤 이야기를 자아내게 될지, 『변변찮은』이 어떤 방향으로 전개될지는 작가인 저도 무척 기대가 됩니다.

　쓰는 사람도 읽는 사람도 즐거운 이야기를 만들고 싶다. ―저에게 『변변찮은』은 그런 이야기입니다. 이 초심을 잊지 않기 위해서라도 이번에는 『변변찮은』을 집필하게 된 경위를 돌이켜볼까 합니다.

그런데 이 『변변찮은』의 주인공인 글렌이라는 캐릭터는 사실 저에게는 인연이 깊은 캐릭터라고 해야 할지, 오랫동안 함께 해왔다고 해야 할지…… 원래는 제가 소설을 쓰기 시작했을 무렵의 습작에 등장한 『조연』이었습니다.

개인용 컴퓨터도 없다 보니 당연히 노트에 샤프로 소설을 써서 바인더로 정리했을 무렵의 이야기입니다. 그리고 대학노트에 누가 보는 것도 아닌데, 아니. 절대로 보이면 안 되는 캐릭터 설정이나 마법 설정 등의 망상을 계속 끄적거리며 기쁨에 잠겼던 시절의 이야기입니다.

그런데 신기하기도 하지요. 시간이 지남에 따라 점차 제 기억 속에서 그 소설과 설정 자료집의 존재는 서서히 흐려지다가 마침내 어둠속에 묻히는…… 아무도 모르는 금단의 흑역사로 변하고 말았습니다.

시간이 지나 대학을 졸업하고, 취직한 후에 일상의 분주함에 쫓기면서도 데뷔를 꿈꾸며 틈틈이 집필 활동을 계속한…… 그런 제가 『변변찮은』을 쓰려는 생각이 든 건, 그 잃어버린 과거의 흑역사와 재회한 것이 계기였습니다…….

"으억?!"

어느 날 일을 마치고 회사에서 집으로 돌아온 저는 제 방의 책상 위에 어떤 물건이 놓여있는 것을 깨닫고 저도 모르게 괴상한 비명을 지르고 말았습니다.

노, 놀랍게도 제 기억에서 완전히 말소되었던 그 검은 금단의 서가 산더미처럼 쌓여있었던 겁니다.

"끄아아아아아아아아아아아아아아아?! 뭐야 이건?!"

"히츠지. 너, 분명 프로 데뷔를 목표로 소설을 쓴다고 했지?"

비지땀을 흘리면서 부들부들 떨고 있는 저에게 어머니는 의기양양한 얼굴로 이렇게 말씀하셨습니다.

"그렇다면 옛날에 네가 썼던 소설이 뭔가 도움이 될지도 모르잖니? 그래서 창고에서 찾아뒀단다."

왜, 왜 그런 쓸데없는 짓을?!

"저기…… 혹시…… 내용을…… 보셨나요?"

"아하하. 안 봤어. 안 봤으니까 걱정 말렴. ……푸흡(웃음이 나오는 걸 참고 있다)."

히이이이이이이익?! 틀림없이 보신 거군요! 어머니!

하지만 호의로 해주신 일이니 화를 낼 수도 없는 노릇이었습니다. 아니, 애초에 화를 내는 건 도리에 어긋나죠.

게다가 뭐, 확실히 옛날에 쓴 이야기가 뭔가 힌트를 줄지도 모르니까요.

그렇게 생각하고 그 흑역사— 옛날에 쓴 소설과 설정 자료집을 훑어보게 되었습니다.

　그러나―.

　"이 건 너 무 심 하 잖 아.(각혈)"

　이런 종류의 이야기는 꽤 흔한 편입니다만 저도 예외는 아니었습니다.

　먼저 마법 설정을 적은 대학 노트 표지에는 매직으로『마도서』라고 써놓지를 않나. 이것만으로도 벌써 SAN 수치가 확 깎여나갔습니다. 거참 제법인걸. 과거의 나.

　"젠장…… 마, 마음이 꺾일 것 같아……. (펄럭, 힐끔)"

　―【신업(神業)】: 제1급 신성 언어 마법의 총칭. 신위에 다다른 존재만이 쓸 수 있다. 특정한 대상을 상대로 한 마법이 많다. 예를 들면『파리의 왕』벨제부브에게 유효한『루라베르제 바스루터』나, 타천사 루시퍼에게 큰 대미지를 주는『레테르 루시퍼르』등의 주문이―.

　"차라리 날 죽여!(철퍼덕!)"

　저도 모르게 그만 바닥에 노트를 내팽개치고 말았습니다.

　으허어…… 봐, 봐선 안 되는 걸 보고 말았습니다…….

　바로 얼마 전에 이런 흑역사를 폭로하는 게시판에 들어가서「품! 이거 심하다 진짜. 뭐, 난 다르지만」이라고 진심으로 생각했던 저 자신을 백만 번쯤 두들겨 패고 싶었습니다.

　……응? 잠깐만.

　그러고 보니 내가 본격적으로 소설을 쓰기 시작한 건 대학에 입학했던 시기랑 거의 일치하니까…… 즉, 이『흑역사서(書)』들이 집필됐을 무렵의 내 나이는…… 뜨아아아아?! 이건 중2병으로 끝날 수준이 아니잖아아아아아아아아아?!

이러저러 해서 다시 한번 SAN 수치를 체크. 성대하게 폭사. 이건 진짜『사령비법』만큼 위험한 책일지도…….

뭐, 그런 식으로 SAN 수치를 팍팍 깎아가면서 과거의 설정 자료집과 소설을 읽어나갔습니다만…… 뭐, 이거 참 심각하더군요. 중2병 설정은 그렇다 쳐도 스토리라인이 엉망진창. 캐릭터는 죄다 종잡을 수 없는 성격. 복선은 적당적당. 분위기 파악도 못 하고 썰렁한 개그만 반복. 대리만족 전개의 온퍼레이드(이 점은 지금도 크게 다르지 않을지도 모르겠습니다만)라 도저히 읽을 만한 게 못 됐습니다.

"하아…… 옛날의 난 이 정도로 엉망이었던 건가…….

한숨을 내쉬면서도 한편으로는 과거의 제가 조금은 부럽기도 했습니다.

아무튼 이 흑역사서는 수준은 낮아도 발상이 자유로웠거든요. 글을 쓰는데 조금 익숙해져서 어중간하게 기술만 늘어난 현재의 저로서는 도저히 할 수 없는 발상과 설정이 도처에 남아있었습니다. **그래도 역시 검과 마법의 전형적인 판타지 세계에 오락실이나 격투 게임 기계가 등장하는 건 받아들일 수 없지만요.** 아니, 진짜 당시의 전 무슨 생각으로 이걸 썼던 걸까요.

아무튼 이 흑역사서를 쓸 무렵의 전 기량은 제쳐놓고서라도, 소설을 쓰는 것 자체가 즐거워서 견딜 수 없었다는 게 문장에서 느껴졌습니다.

"즐겁게 소설을 쓴다……라."

그 무렵의 전 어디가 어떻게 어긋난 건지는 모르겠습니다만, 초 시리어스 & 우울한 전개의 이야기만 쓰고 있었습니다. 개그 같은 건 끼어들 틈도 없는 작풍이었지요. 솔직히 이야기가 너무 무겁다 보니 글을 쓰는 것 자체가 괴로울 때도 있었습니다.

"그리고 다들 중2병, 중2병이라고는 해도 내가 지금 쓰는 것도 따지고 보면 그 중2병의 연장선인데 말이지……."

아무래도 글을 쓰는 기량이 늘어남과 동시에 무의식적으로 그런 설정과 전개를 바보 취급하면서 피하고 있었던 걸지도 모르겠습니다. 그 무렵에 쓴 소설이 이상할 정도로 무겁고 음울한 이야기뿐이라 쓰는 것 자체가 괴로웠던 것도 어쩌면 그런 사고방식이 원인이었던 걸지도 모르겠네요. **그래도 역시 검과 마법의 전형적인 판타지 세계에서 엔진이 달린 전기톱을 등장시킨 데다가, 더 나아가서는 진지한 부분에서 그걸로 난투를 벌이는 전개는 받아들일 수 없지만요.** 아니, 대체 어떻게 되먹은 거죠? 이 세계는.

"흠. 뭐, 이런 머리를 비우고 즐겁게 쓸 수 있는 이야기도 괜찮을지 모르겠네."

그런 식으로 쓴웃음을 흘리면서 그 흑역사서를 읽다 보니 문득 어떤 조연 캐릭터가 눈에 들어오더군요.

그 캐릭터는 평소에는 만사에 적당적당하고 변변치 않은 놈인 주제에 비상시에는 믿음직한…… 그런 캐릭터로, 이름은 다름 아닌 글렌 레이더스였습니다.

그 글렌 군은 이도류 검사였습니다만, 주인공이나 다른 캐릭터들이 그 자리에서 떠오른 듯한 필살기나 최강마법이나 초능력을 연발하는 와중에 유일하게 필살기도 최강마법도 초능력도 없이 두 자루의 검만 의지해서 중후하게 싸우는, 믿음직하지만 최강과는 거리가 먼…… 그런 캐릭터였습니다. 동료나 적이 강력한 필살기나 최강마법이나 능력을 연발하다 보니 이 글렌 군은 아무래도 적과 싸울 때마다 늘 너덜너덜해진 상태로 아슬아슬한 승리를 거두더군요. 어째서 이 캐릭터만 이런 불우한 취급을 했던 건지 지금은 상상도 가지 않습니다만…….

"뭐야, 이 녀석. 슬레이어즈의 열화 카피인 이 소설의 주인공보다 훨씬 더 캐릭터가 살아 있잖아."

다정함과 선량함밖에 볼 게 없는 주인공을 쓰는 데 질린 점도 있었습니다. 그리고 무엇보다도 이 녀석을 주인공으로 삼는다면 이야기를 즐겁게 쓸 수 있을지도 모른다는…… 그런 예감이 들었습니다.

그래서 저는 이 글렌 레이더스라는 캐릭터를 다음 작품의 주인공으로 발탁하게 되었습니다.

그 후는 모처에서 언급했던 대로입니다. 이 황당무계한 남자를 교사로 만들면 터무니없는 일이 벌어질지도 모른다, 판타지 세계관에서 교사라면 역시 마법학원이겠지, 등등. 이런 식으로 차츰차츰 『변변찮은』의 이야기가 만들어지게 된 셈입니다.

집필 자체는 글렌 군이 좌충우돌 열심히 움직여준 덕분에 엄청 즐거웠습니다. 오랜만에 다 쓴 후에 속이 시원해지는 작품으로 완성되었습니다.

그러므로 『변변찮은 마술강사와 금기교전』이라는 이야기는 제 데뷔작이자, 금자탑이 된 작품일 뿐만 아니라 저에게 소설을 쓰는 즐거움을 재인식하게 해준 작품이기도 합니다.

저에게 소설을 쓴다는 행위는 우선 그 무엇보다도 즐거워야 할 것.

그리고 저만 즐거운 것으로 끝나지 않고 작품이 재미있어지도록 노력할 것.

잔재주나 유행에 현혹되지 말고 늘 그 점을 잊지 않도록 앞으로도 즐겁게 소설을 써나가고 싶습니다.

이런 제 작품을 읽어주신 여러분. 아무쪼록 앞으로도 잘 부탁드리겠습니다.

히츠지 타로

■ 역자 후기

안녕하세요. 이제야 본편 작업이 끝났다~ 하고 방심한 틈에 바로 다음 페이지에서 갑자기 눈앞에 들어온 원서 8페이지 분량의 작가 후기에 통수를 맞은 역자입니다.

아니, 뭐. 처음에 원서를 받았을 때도 한 번 읽고 왜 이리 후기가 길지⋯⋯라는 감상을 받기는 했었습니다만, 막상 일정이 바쁘다 보니 어느새 완전히 망각하고 있었네요. 아마 개인적으로는 냐루코 양 이후로 가장 긴 후기 작업이 아니었을까 싶습니다. 아, 그러고 보니 작가님의 후기에서 나온 SAN 수치라는 건 냐루코 양에서 나온 그것과 완전히 같은 개념입니다. 크툴루 신화 기반의 테이블 토크 롤플레잉 게임이나 보드게임에서 쓰이는 스테이터스 수치 중 하나죠. 대충 정신력과 같은 개념이라고 생각하시면 될 것 같습니다.

이번 권은 사실상 세 번째 이야기의 「상권」에 해당하는 내용이었습니다. 앞으로의 내용 전개상 필요한 복선과 설정이 대량으로 공개된 권이기도 했는데요. 사실 그것보다는 마지막 전개의 임팩트가 워낙 커서…… 리엘의 인기가 폭락하는 듯한 기분이 든 건 혹시 저만 그런 걸까요? 사실 지금까지 등장한 캐릭터 중에서는 손꼽히는 시궁창스러운 설정을 가진 데다가 적대 세력인 하늘의 지혜 연구회의 흉악함과 무자비함을 부각하려는 의도가 철철 넘치는 캐릭터이다 보니 필연적인 전개라는 생각이 들기도 했습니다만, 캐릭터의 등장 시기에 비해 너무 이른 전개가 아닌가 하는 우려도 약간 들더군요.

아무튼 충격적인 전개로 끝난 금기교전 3권이었습니다만, 이른 시일 내에 다음 권에서 이야기를 정리할 수 있기를 바라며 이만 후기를 마칠까 합니다.

변변찮은 마술강사와 금기교전 3

1판 1쇄 발행 2016년 9월 10일
1판 8쇄 발행 2020년 4월 22일

지은이_ Taro Hitsuji
일러스트_ Kurone Mishima
옮긴이_ 최승원

발행인_ 신현호
편집부장_ 윤영천
편집진행_ 김기준 · 김승신 · 원현선 · 권세라 · 유재슬
편집디자인_ 양우연
국제업무_ 정아라 · 전은지
관리 · 영업_ 김민원 · 조은걸 · 조인희

펴낸곳_ (주)디앤씨미디어
등록_ 2002년 4월 25일 제20-260호
주소_ 서울시 구로구 디지털로 26길 111 JnK디지털타워 503호
전화_ 02-333-2513(대표)
팩시밀리_ 02-333-2514
이메일_ lnovelpiya@naver.com
ㄴ노벨 공식 카페_ http://cafe.naver.com/lnovel11

원제 AKASHIC RECORDS OF BASTARD MAGIC INSTRUCTOR Vol.3
ⒸTaro Hitsuji, Kurone Mishima 2015
First published in Japan in 2015 by KADOKAWA CORPORATION, Tokyo.
Korean translation rights arranged with KADOKAWA CORPORATION, Tokyo.

ISBN 979-11-278-1847-0 04830
ISBN 979-11-86906-46-0 (세트)

값 6,800원